公元787年，唐封疆大吏马总集诸子精华，编著成《意林》一书6卷，流传至今

意林：始于公元787年，距今1200余年

意林®

一则故事 改变一生

《意林·少年版》编辑部

中国科幻星云奖作家书系

时间晶体

董仁威○主编

超　侠○著

湖南少年儿童出版社　·长沙
HUNAN JUVENILE & CHILDREN'S PUBLISHING HOUSE

图书在版编目（CIP）数据

时间晶体 / 董仁威主编；超侠著. — 长沙：湖南
少年儿童出版社，2023.5
（中国科幻星云奖作家书系）
ISBN 978-7-5562-6479-7

Ⅰ．①时… Ⅱ．①董… ②超… Ⅲ．①幻想小说—小
说集—中国—当代 Ⅳ．①I247.7

中国版本图书馆CIP数据核字(2022)第084653号

中国科幻星云奖作家书系·时间晶体
ZHONGGUO KEHUAN XINGYUNJIANG ZUOJIA SHUXI · SHIJIAN JINGTI

总 策 划： 盛　铭　宋春华	**统筹编辑：** 刘　双
出 品 人： 杜普洲	**执行编辑：** 贺显玥
丛书策划： 宋春华　聂　欣　张朝伟	**封面绘图：** 海哥插图
责任编辑： 向艳艳　雷雨晴　方　好	**封面设计：** 马骁尧
质量总监： 阳　梅	**美术编辑：** 张　龙
发行总监： 王俊杰	

出 版 人： 刘星保

出版发行： 湖南少年儿童出版社

社址： 湖南省长沙市晚报大道89号　　　**邮编：** 410016

电话： 0731-82196320（综合管理部）

常年法律顾问： 湖南崇民律师事务所　　柳成柱律师

印刷： 嘉业印刷（天津）有限公司

印张： 12

开本： 700 mm×1000 mm　1/16

字数： 120千字

版次： 2023年5月第1版

印次： 2023年5月第1次印刷

书号： ISBN 978-7-5562-6479-7

定价： 28.80元

目录

目录

时间晶体

更让人惊讶的是，晶体里面竟有一个小小的人儿！那小人儿有着长长的头发，弯弯的睫毛，红红的小嘴，身上还穿着贝壳亮片绣缀的连衣裙。

遇到阿晶，是我一生中最美丽的记忆，也是我永难忘怀的痛苦追忆。如今，我垂垂老矣，回首前尘往事，不由得深深自责，深深悔痛。对她，亦是对我自己。

我始终没明白，当初的决定究竟是对，还是错。

——奇奇怪

1

夏日的傍晚，夕阳西下，落日的余晖洒得海面金鳞万点，海风轻拂，带来阵阵清凉。我们一群喜欢游泳的小伙伴正在海里欢快地游泳。

我就是在那个时候捞到阿晶的。她姓什名谁，谁也不知道。我只知道她来自大海，睡在那晶体之中。她像一颗珍珠，珍藏于海贝之内。

犹记得那时，原本平静的海面，如同婴儿的脸，突然就变了：白色浪花又亮又狂，如蛇行逶迤，似游龙夭矫；大海中的巨浪高高跃起，掀起一堵水墙。没一会儿，那水墙便暴涨成一座海山。

海山向我们扑来，小伙伴们吓得四散奔逃。只有我静静地站着，盯着那海山，不惧，不怕。

海山之上有一个光点，像一片柔美的羽毛、一朵优雅的小花，于朦胧中深深地吸引着我。我好想将它捉住，放在手心。

恍惚中，我伸出手去抓它。就在那时，海山澎湃而下，海边礁石轰鸣，帆船碎散。我却安然无恙，因为我已将它捉住，捧在手心。

那是一颗小小的、形如桃核的淡黄色晶体。它一闪一闪，骤明骤暗，像盏水晶灯。

更让人惊讶的是，晶体里面竟有一个小小的人儿！那小人儿有着长长的头发，弯弯的睫毛，红红的小嘴，身上还穿着贝壳亮片绣缀的连衣裙。

那是一个雕琢细腻、栩栩如生的女孩。她睡在里面，虽然只有小拇指那么大，却像活着一样。

天哪！她真的是活的！因为我看见她睁开眼睛，伸了个懒腰，爬了起来！

随着她这一系列动作，发着橘色光的透明晶体瞬间消散。她从我的手心里站了起来，跳落到地上。

随后，在我眨眼的瞬间，她变大了，不再是小拇指那么大，而是个十四五岁的女孩了。

我惊讶地打量着她，她也好奇地打量着我，眼睛里闪烁着深邃的蓝色光芒。

我如梦初醒，这才发现巨大的浪山正当头打下，我吓得立马逃跑，却已来不及，巨浪已到跟前。

惊慌失措中，我闭紧了双眼。然而，预料之中的海水并没有击中我！我睁开眼睛，发现海水自头顶向四周流走了，就像有个透明的玻璃罩，将我罩了起来。

很快，我找到了自己没有被海水击中的原因——我面前的女孩。只见她身上散发着淡淡的光晕，使得她像是白玉雕成的发光体。就是那淡淡的光晕将我们包围，抵挡住了外界的海水！

女孩有些吃惊，也有些慌乱地问道："你是谁？"

我更惊讶地问她："你又是谁？你怎么会从大海中出现，还被镶嵌在一块水晶体内呢？你是怎么变大的？你刚才明明只有小拇指那么大啊！"

女孩四下看了看，正色道："这是我的时间保护壳，你想干什么？"

"时间保护壳？"对此我从没听说过。

我摇摇头说："你是从哪里来的呢？"

女孩战战兢兢地回头看了看大海，没有说话。

我明白了，她是从大海里来的，难道她是海的女儿？

根据我的推理，她要么是某种科学的产物，要么是外星来客，要么是海底人形生物。总之，她不可能是正常人。

我拉着她的手，她本能地退缩。我紧紧攥住了她的手，她的手心里都是汗，十分紧张。

我说："别怕，我带你去找我的叔叔，他是一位科学家！"

"这是哪里？这里……很好啊！"她喃喃道，"我等到了，我等到了！"

我带着她走过海啸暴虐过的海岸，坐车到了城里，去找我的叔叔胡博士。

2

我的叔叔胡博士住在科学院里，是公认的学识渊博的科学家。这么晚了，他还在工作。当看到我带着一个女孩来找他时，胡博士摆摆手说："我没工夫听你胡说！"

"哎呀！叔叔，您先别急于拒绝我，听我说嘛。"我把女孩推到前面说，"她是我从大海里找来的，当时她被封印在一块晶体里，她说那是她的'时间保护壳'。"

胡博士皱了皱眉头。我一看有戏，便接着说道："对了，她没有名字，既然是从晶体里出来的，那我就叫她阿晶吧！"

"阿晶。"女孩念了出来，然后点了点头。她的脸颊散发出淡黄色的光晕，明艳动人。

胡博士大吃一惊，说："过来，让我检查一下！"

当阿晶躺在胡博士的磁核扫描机器上接受检查之后，胡博士惊得倒退了三步，几乎跌坐在地。他大口大口地喘息，嘴里反复说着四个字："时间晶体，时间晶体……"

我好奇地问："不是'时间保护壳'吗？怎么变成了'时间晶体'？"

胡博士说："时间晶体是一种四维的晶体，在时间上具有周期性。它可以随着时间改变，但是会回到它的最初形态，就如同钟表的指针周期性地回到它的原始位置。与普通的钟或者其他周期性的过程不同的是，时间晶体是一种较低限度的能量的状态。可以将它看作一只永远走时精准无误的钟，即便是在宇宙达到热寂之后也是如此。也就是说，它能封印住时间，直

科学小笔记

宇宙热寂

将一滴红墨水滴到一杯纯净水中，墨水会慢慢散开，最后整个杯子中，墨水均匀地分散在纯净水中。我们就说它达到了平衡态。有人就认为宇宙总有一天会像达到平衡态的墨水和纯净水混合物一样，成为一片死寂的状态。到那时，就不会再有生命的存在！

到永恒。"

我说："怎么可能？这显然就是科幻嘛！"

胡博士摇摇头说："不，时间晶体的理论已经被证实了。2017年2月9日，马里兰大学联合量子研究所与加州大学伯克利分校组成合作团队，在一条由10个镜离子构成的离子链中，用激光诱发了三种不同反应，造出了时间晶体。他们用激光脉冲轰击原子离子，激发出磁场，然后用另外一道激光稍微翻转原子的自旋方向。这一过程不断重复，最终创造出了按照时间排列的重复翻转结构……"

胡博士这番长篇大论听得我头都大了，我忍无可忍地打断他："停停停，这也太复杂了！我估计很多人都听不懂。您直接告诉我阿晶是怎么回事不就行了吗？"

胡博士说："她的身上笼罩着时间晶体能量，不知道循环了多少年，上一次启动或许是在6500万年前！"

我大惊："什么？那……那不是恐龙灭绝的时候吗？"

胡博士皱眉道："或许……她就诞生在那之前！"

我愕然道："那是古生代？"

胡博士摇摇头说："各种神话传说中，都提及世界被洪水淹没，也许在地球诞生之时，她就被埋在了海底。如今，她来了，不知道会给这个世界带来灾难，还是……"

我倒吸一口凉气，说："什么？您说阿晶可能会给世界带来灾难呢？"

阿晶突然插话说："我不会带来灾难的。那个时候天地间是昏暗的，巨怪张口吞没了日月，大地上火龙横行，为了逃避这一切，父亲才为我造了时间保护壳，他说要让我在最美好的时代醒来，让我永远生存在美好的世界里。"

我吓了一跳，说："你知道我们在说什么？"

阿晶点点头，又摇摇头，笑着说："我的语言翻译器似乎有点儿问题。"

胡博士将我拉到一边，说："我要留下她的一束头发做研究，这样大规模的时间晶体到底是怎么实现，怎么保护她的，很多方面都值得研究。你这几天带她到处转转，别让任何人看出她有问题，否则她这样的史前人类，或者外星来客，被科学狂人抓住，一定会被拿去做实验的！什么解剖啊，电击啊……

科学小笔记

古生代

古生代是地质年代的第三代，第一代为太古代，第二代为元古代。古生代约开始于5.7亿年前，结束于2.45亿年前。那是个藻类的时代，海藻、海绵等生物生长茂盛。古生代没有大型动物，只有三叶虫、海星、鹦鹉螺之类的小动物。

很可怕的，明白了吗？"

我微微颔着，搔搔头说："不对啊，叔叔你不就是科学狂人吗？"

胡博士说："我可不会用那种残忍的方式，等我研究清楚她身上的细胞和时间晶体的状况再说。总之，你就说她是你表妹，带着她到处玩玩就行。"

我明白了，胡博士这是不想囚禁阿晶，但又不能不看着她。

于是，我先让阿晶住在了胡博士家。

我每天都带着阿晶到外面玩。她对一切都很好奇，感觉很新鲜。

我带着她去游乐场玩，去吃冰淇淋，打电子游戏……她玩得不亦乐乎，原本面对这个陌生世界的紧张感也荡然无存。但我发现有时候她玩累了，不小心睡着后，会从噩梦中突然惊醒，浑身发抖。

胡博士对她的研究没有任何进展，她的身体里似乎蕴藏着一种超自然的能量。

暑假结束，我要上学了，没时间再看着阿晶。可阿晶就像是一只乖巧温柔的小猫一样黏着我，非要我带着她去上学。

没办法，我只好让胡博士给她办了入学证明，让她来我们班上学。

开学第一天，阿晶那完美无瑕的外貌便引发了许多男生的目光，连女生都对她充满羡慕和赞叹。她就像是一颗散发着熠熠光彩的钻石，夺目耀眼。

可是，无论别人对她怎么热情，阿晶都只黏着我，上课下课都要跟我在一块儿，吃午饭时也跟着我。

我知道这种现象很不好，同学们都在偷偷笑我呢！老师也问我到底是怎么回事。

我只好说她大脑发育有些问题，还停留在小时候。

然而，不管我怎么说，阿晶总是开心爽朗地笑着，像个与世无争的天使。

3

事情开始有些不对劲。

电视上爆出一则新闻：近日，南海出现了一个令人震惊的现象——先是一头巨大的鲨鱼凌空而起，漂浮在海面上，继而许多海龟、海豚之类的海洋生物，都从海中飞到了天上，并且悬停在距海面一百米的高空，那里有一条黄色的发光带。那些海洋生物被包裹在黄色光带中，就像是昆虫被琥珀包裹着一样。

各国都派科学考察组前去考察，但那条发光带似乎有黏性，能把所有靠近它的物体都凝住。

随着海洋生物大量涌上高空，越来越多的科学家陷入那片黄色光带，整个世界都轰动了！

我吃惊的同时有种不好的预感。我似乎在某个新闻画面上看到了阿晶，她正在海中游泳，而且显得怡然自得。

我将阿晶拉过来，指着电视上的画面问她："这些，都是你搞出来的？"

让我万万没想到的是，阿晶居然承认了！我现在都还记得她当时一脸兴奋的样子。

"是啊！我正慢慢把时间光能释放出来，我要把它们都保护起来！"她说。

"什么？"我惊诧道，"你要保护谁？"

"当然是那些美好的东西呀！"阿晶温和天真地说道。

电视上，军方正在用导弹炮轰击那条黄色光带。可是无论怎么轰击，那条光带都坚不可摧。相反，导弹一旦靠近光带，顿时便凝定了。在那个区域，所有东西的速度和力量都趋近于零。

新闻里，各国科学家都在侃侃而谈，有的说这是外星人入侵的征兆，有的说这是邪恶科学家的实验，有的说这是地球磁极即将翻转……

我有些不解地问阿晶："你是怎么做到这些的？你为什么要这么做？"

阿晶说："我……我也不知道，我想做就能做到啊，这个世界这么美好，我得将它保护起来。"

我愣住了，问："你准备怎么保护？"

阿晶说："当然是用'时间保护壳'将它包裹起来，使它不再受到外界的干扰。这样，一切都能原封不动地保存下来！你看，就像我在父亲给我制造的'时间保护壳'里，我们那个可怕的世界消亡了，我还能存在，这样不好吗？"

我不知道该说什么，讷讷道："这个……这个好是好，但是……"

但是，我总觉得哪里不对。

于是，我赶快去找胡博士。

胡博士听完我所说的，骇然色变道："我就知道，这一定是她搞出来的！可是，她怎么可能拥有那么多的能量？她的那个世界灭亡了，那她又为何会出现在地球上？她的那个世界又是怎样的世界？"

他忙叫我去请阿晶，想再次对她做身体检测。

阿晶很配合，一副泰然自若的样子，仿佛这个世界永远不会伤害到她。

我不知道胡博士用了什么方法，测出阿晶的体内蕴含巨大能量，总之，走出实验室时，阿晶是笑盈盈的，胡博士却面色苍白，几近虚脱。

我问："怎么回事？"

胡博士让阿晶先出去玩，拉我进了办公室。坐在沙发上，他喝了一大口水，长长地吞咽着，然后喘出一口粗气，对我说道："阿晶并非来自地球，而是……"

"那是来自哪里？"我惊异地问道。

胡博士道："她来自前一个宇宙，我们这个宇宙大爆炸之前的宇宙。"

"你是怎么知道的？"这也太不可思议了，我急切地问道。

胡博士说："她的身上贯注了一个星球的能量，所以她能够轻而易举地制造'时间晶体'。根据热力学第二定律，作为一个'孤立'的系统，宇宙的熵会随着时间的流逝而增加，由有序走向无序，当宇宙的熵达到最大值时，宇宙中的其他有效能量就会全数转化为热能，所有物质温度将达到热平衡。这种状态称为热寂。这样的宇宙中再也没有任何可以维持运动或是生命的能量存在。她就是上一个宇宙热寂之后，重新苏醒的前宇宙人类。她所在的那个世界，在宇宙热寂时已经毁灭，她的

科学小笔记

熵

熵就是混乱的程度，最早是物理学中用来描述物质混乱的程度，有一个定理就是说熵总是随着时间的增加而增加，后来引申到热力学、信息学，用来描述某个事件不断趋向混乱的过程。

父亲造出'时间保护壳'将她保护起来，要她保护一切美好的事物。她之所以这么做，就是觉得我们这个世界太美好了，她想将它保存起来。"

我说："那会怎么样？"

胡博士瞪大眼睛说："时间将会消失，世界上的一切事物都会停止运动，阿晶将它们保持在同一个时间段内，来回往复，振荡不休，比如一年，重复又重复，然后一个月，一个礼拜，甚至是一天，最后一秒钟，千分之一秒钟……最后一切都会被凝固。"

我听得瞠目结舌，难以相信，但我知道胡博士说的不会错，我问道："她哪儿来这么大的能量？"

胡博士说："她的能量来自过去消失的宇宙，所有的星体和物质都成为能量，只不过被时间固定住了，而她能释放时间，借以能量来干扰我们这个世界。"

我说："照这么说，如果不阻止她的话，整个世界，甚至这个宇宙，都会被她变成时间晶体？"

其实不用他回答，我也知道自己的猜测没错。

胡博士的呼吸深长而缓慢，他疲倦地说道："我们必须阻止她！"

我说："怎么阻止？把她抓起来吗？"

胡博士说："这个世界上恐怕连原子弹、氢弹，都无法损伤她分毫，她可以让时间停止。"

"那……那怎么办？"我问。

胡博士说："所以，我们只能让她从内心主动放弃这个想法，自动消失。"

"那我们该怎么做呢？"

"她不是觉得这个世界很美好吗？如果我们能够令她觉得这个世界丑恶的一面，那她一定不会想再待在这个世界，她甚至会再度沉睡，直到几亿年之后。"

我有些犹豫，也有些难过……

4

我带着阿晶去看人间最丑恶、最可怕的一面。

我给她播放社会案件的视频、讲述恐怖分子的恐怖行动，还带她看了战争造成的灾难场景。

没想到阿晶一点儿都不介意，反而笑吟吟地说："这些事情破坏了世界的完美。所以，我一定要将当下的美好保存下来，用时间保护壳将它们镶嵌。"

她的话气得我鼻孔直冒烟！

显然这种方法行不通。我再次去问胡博士怎么做。

胡博士定定地看着我，说道："你是第一个发现她的人，她觉得这个世界上所有的美好都是你带给她的，所以她才会有这种想法。因此，你要打破这种美好。简而言之，就是你要让她伤心，只有伤了她的心，让她绝望了，她才会离开我们的世界，回到大海里去。"

我明白了，但不知道具体该怎么做。

胡博士对我说："把你带给她的美好打破！"

我在胡博士的指导下，接受了这项任务。

我打扮得邋里邋遢，像个疯子一般在她身边胡闹。可她还是淡淡地笑着。

我用一条"恶作剧"假蛇去吓唬她。她先是怕，继而用真蛇来吓我。

我带着她去吃最难吃的小吃，吃最辣的辣椒，喝最苦的饮料。她却开心得不得了。

我实在没办法了，又去向胡博士请教。

胡博士说："看来，只有让我大表姐的二姑妈的三叔的侄女阿美出场了！"

于是，我不再只和阿晶作伴，而是天天陪着阿美到处玩耍。

阿晶跟在后面，开始她还在笑，后来，天热了，我给阿美买了好几支冰淇淋，却让阿晶渴了一下午；下雨了，我给阿美打伞，却让阿晶淋成落汤鸡。

我强忍着内心的难过，逼迫阿晶不再跟着我，不再和我在一起玩。

阿晶看着我和阿美有说有笑的样子，慢慢地就笑不出来了。

后来，阿晶真的走了。当她意识到我再也不会理她，再也没有心思陪她之后，就回到了那个被她称作"时间保护壳"的晶亮的贝壳内，再次安详地沉睡了。

但这一次，当我捧起贝壳时，我看见她的眼角有一滴泪。

我想将贝壳珍藏起来，但胡博士警告我说这样做很危险，我不得不再次将它扔进大海。

随着阿晶的再次沉睡，海面上那些被时间晶体凝结的海洋生物纷纷回落，开始以正常速度行动。

世界恢复了正常。

只有一个女孩的心受了伤。

5

当我走向生命尽头时，坐在海边想起这件事，鼻子总是有些发酸。

我很想念那个甜甜的，天真烂漫的女孩。

一天傍晚，夕阳染红了整个海面，一个亮晶晶的、发着光的漂流瓶漂到我跟前。

我仿佛看到了阿晶出现的那一刻，我抓住漂流瓶，发现里面有一封信，信上写着：

谢谢你让我见识了人间的美好，我之所以要保留美好，是因为我不想看到你变老、死亡。

你是不是早就知道，如果用尽我的能量，我也会死去？你大概是不想看到这样的事发生吧。

谢谢你！

是阿晶给我的信！

这封信让我的内心再也无法平静。于是，我老泪纵横地写下这个故事，放进时间晶体漂流瓶，希望它一直流传下去。

幻想照进现实

假如世界上真的有时间晶体，或许在未来的某一天，人类可以对它进行编程，把大脑意识上传到"时间晶体"中，做成时光胶囊。我们可以把一生中最美好、最难忘的回忆和感受存在其中，不断重演那些最美妙的瞬间。拥有了这样的时光胶囊，即使地老天荒，即使宇宙热寂，那些美妙的情感仍旧永存。

你希望拥有这样的时光胶囊吗？

战士石

他们告诉我，他们没有死，只是被石化了。他们被敌人的"高能降速石化射线"射中了，这种射线会改变人体细胞的结构，碳基分子逐渐硅基化，柔软的肉体也就石化了。

1

海风吹来，带着咸腥的滋味，湿润、温暖、舒爽。这是我第一次登岛的感受。

岛边那几块巨石，相互勾连，彼此依偎，仿佛几个人肩并着肩。

在一块石头的缝隙里，我发现了一个防水笔记本，里面记录着这个奇异的故事：

当我接受这项任务，登上这座小岛的那一刻，心情是多么愉悦，我的双脚踏实又安定。

这座岛是如此之小，从东走到西，不过一公里，从南走到北，也不过一公里。

岛的北侧面朝大海，有一个小小的山包，山包上立着旗杆，旗杆上高高飘扬着我们的国旗，是那样鲜艳、灿烂。山包下有一座小小的两层楼的房子，第一层是我的寝室和厨房，第二层是工作室和观测室。

　　岛上只有我一个人。一个人驻守在一座孤岛上。

　　刚开始，我的想法很纯粹——远离喧嚣，恰好能看看自己想看的书，写写自己想写的东西，栽几株好看的植物，看湛蓝的天，看天边的云，看海浪飞卷、鲸鱼出没的奇异之景。

　　这是多么幸福而美妙的事啊！为什么要离开小岛呢？

　　我每天早晨早早起来，升国旗、奏国歌、行军礼。白天，我除了警戒、观察，就是自己做饭做菜、种地养花。

　　这有什么不好呢？我非常不能理解，前面先后上岛的三名战士，怎么会好端端地就当了"逃兵"？这茫茫大海，又能逃到哪里去呢？

　　这样清静的日子过了还没一个月，我就开始理解他们了。这里的日子每天都是一个样，重复，再重复。没有人陪我讲话，陪着我的只有呜呜的风声、永远保持一个动作的石头和一棵孤零零的树。

　　渐渐地，我发现自己能听到风的哭声，听到石头的喊叫，还有树的冷笑。

　　这些，都能将我从睡梦中惊醒，让我出一身冷汗。

　　这真是无聊透顶、枯燥而漫长的日子啊！

　　有时候，我会在半夜听到外面传来莫名其妙的哭声，甚至能看到有朦胧的影子趴在窗口，向内张望。

夜里睡不好，白天又睡不着。我开始疑神疑鬼，几乎快要神经错乱了。

平日里，每隔两个月，便会有送补给的船过来，我总忍不住和战友们多说几句话。战友们似乎也能理解我的滔滔不绝，词不达意，每次都能耐心地听我念叨几小时。

我不知道自己还能坚持多久，但这个地方必须有人守卫。

2

后来，我发现我眼中的事物发生了不可思议的变化，我给它们赋予了"人格"：大海就像一个蓝色皮肤的男人，脾气古怪，时而掀起狂风巨浪、暴躁野蛮，时而又风平浪静、安静慈祥；石头就是一个傻傻的小孩，痴里痴气，愣怔发呆，像是在思索宇宙的奥秘；那棵树是一个活泼的女郎，摇曳生姿，顾盼流波，时而使些小性子，遇到事情只会惊声尖叫……和它们在一起，我也变得时而暴躁，时而默然。

又过了一段日子，我发现牙膏、饭碗、冰箱、水龙头、电视机这些没有生命的东西，也活了！

有一天，我听到牙膏在呕吐，饭碗说肚子饿，冰箱说想暖和暖和，水龙头要游泳，电视机"沙沙"地笑……

我是不是疯了？当我意识到问题的严重性，陡然惊出一身冷汗。

难道，那些不见了的战士是因为发疯跳进大海？这个想法让我不寒而栗。

我不停地告诫自己："我有钢铁一般的意志，绝不会像他们一样。"

当夜，我久久不能入睡，窗外风雨交加，电闪雷鸣，还有一道道紫红色的光。它们忽远忽近，有节奏地跳动着，像是行走的火焰。

我推开窗仔细观察，海边好像有影子在移动。我心中一惊："难道是敌人来犯？"

我提着枪冲了过去，发现是石头，是石头在动！

海边那三块大石头幻化成了人形，迎向海上射来的光束。海上升起的那块不明礁石，也似人形，红光就是从它手中发射出来的。我看得瞠目结舌，感觉在做梦。

它们到底是什么？是人，是石，还是别的生物？

我的心突突跳动，岸边的三块石头在变化，渐渐露出人类的面孔，这形象有几分眼熟。

记忆的导火线被点燃了，爆炸出清晰的图像，那不是在我之前守岛的三位战士吗？他们怎么成了石头？

我壮着胆子，想靠上前去查看，不料被对面"礁石"发出的红色光波射中。

一团寒气进入了我体内。随后，我发现自己的身体变得越来越冷。

我挣扎着想要回观察室报告情况，却发现不对劲儿，只觉得头脑昏沉，皮肤上生出了硬壳。

过了十几秒钟，这种状态才慢慢解除，那层外壳如烧熔的蜡一般退却了。

我试图联系指挥部，可通信线路因暴风雨被中断，暂时无法联络。

我又回到海边，与那三块大石站在一起。对面的礁石正缓缓下沉，红色的光波已然消退。

我听到身旁的石头发出了声音。第一块石头说："你也中招了，你的频率与我相同了。"

第二块石头说："这化石光束，又将我们的时间凝固了，我们永远走不动，只能挡在这里，对付这些可怕的敌人。"

第三块石头说："想不到，敌人会采用这种缓慢的战术，悄悄占领我们的小岛，我们只能和敌人耗下去。"

我惊恐至极，想要跑回去，但已经动弹不得。我的双脚到腰部全成了石头，和脚下的海滩连成了一体。

我问他们："这到底是怎么回事？"

他们告诉我，他们没有死，只是被石化了。他们被敌人的"高能降速石化射线"射中了，这种射线会改变人体细胞的结构，碳基分子逐渐硅基化，柔软的肉体也就石化了。尽管意识和记忆还在，但自我的时间与周围完全隔离，行动速度更是只有原来的百分之一，就像是几天之内，经历了千万年时光的侵蚀和改造，变成了活体化石。不过，这种射线有反弹作用，每隔一段时间，就会反弹一次，将石化的身躯，快速变为柔软的肉体，但时间短暂，犹如钟摆，摆动过后，还会变回去。敌人同样如此，他们化为水中礁石，提着那杆"高能降速石化射线"枪，企图悄然攻占我们的岛屿。在对峙中，敌我双方都要承受漫长时光与无聊痛苦的折磨。

当我恍然大悟时，腰部和头部都已经开始石化。幸好我随身带着笔记本，在还有行动力时，将这件事情记录了下来，以供未来首长和战友们查证。

科学小笔记

硅基

地球上所有生物基本上都是由碳、氢、氧、氮、磷、硫、钙等元素构成。而其中，碳是最基础的，也是主要的，研究者称这样的生命为"碳基生命"。

而以含硅以及硅的化合物为主的物质构成的生命，就是硅基生命。也许在未来很远很远的某一天，以硅为基础的可自我复制的人造机器"硅基生命"会作为一种新的生命形态而替代我们"碳基生命"。

战士石

25

　　我们没有因为条件艰苦和寂寞难耐而逃避，我们一直站在这里坚守，和敌人进行着无声而漫长的战斗。哪怕我们变成石头，哪怕要战斗千年万年，也无怨无悔。我们会永远屹立在这里，保卫着我们的家园……

　　我看到这里，不知不觉，眼中流下晶莹的泪滴，但很快就被海风吹干。我向着这四块石头，敬了一个标准的军礼。我一定要将你们的事迹告诉世人，将你们承受的委屈、误解和痛苦统统解释清楚。

　　潮水退去，海水中的礁石慢慢露出水面。我的脑际一片恍惚，感觉有一道红光射来，炙热如火焰。

幻想照进现实

　　一个人守卫一座岛，哪怕站成石头人，也要坚守在岗位上，保家卫国、守住祖国的每一寸土地。

　　在我们祖国的边疆、海域，有许许多多这样的战士，默默无闻，年复一年、日复一日地坚守在自己的岗位上。他们无私奉献的精神感动着我们每个人。

　　文中，一个个守岛战士相继被石化，可他们依然坚守着，和敌人进行着无声而漫长的战斗，着实让人泪目！

绿巨虫

果然是这个坏家伙！自它来到这里后，不知释放了多少核辐射，将这里变成了荒山野岭。它到底是什么怪物呢？是经过变异的怪虫吗？

怪物出没

回到家乡，一切都变了。

记忆中的家乡，天是蓝盈盈的，宛如童话中的仙子不小心打翻了蓝墨盘；地是嫩绿嫩绿的，就像铺了一层又一层的翡翠。

可是如今，这些都不存在了。蓝蓝的天布满阴霾雾霭，绿色的田野变成了干黄的荒漠。

看着凋零的村庄，我的喉咙哽住了，不由得想起小时候那被竹林掩映的村屋、山花烂漫的景致和流水潺潺的小溪，那是真正的小桥、流水、人家。

如今，桥已断，水已干，家已破。

整个村里只剩下几位留守的老人和几户穷苦人家。他们一个个眼珠浮凸，脸色蜡黄，行动迟缓，令我觉得面对的是一群木偶。

我走到小时候经常游泳的小池塘边，发现这里也已经面目全非——干涸的塘泥纠结如胶铸，死鱼烂虾散发着令人恶心的味道……我又走到旁边那口老水井边，见里面早已被动物的枯骨塞满了。

突然，身后传来一个苍老的声音："你终于来了，我们等了你好久啊，大侦探！"

我回头，看到的是方伯那张如枯树般焦枯褶皱的脸孔，此时，他的眉头微微舒张，脸上痛苦的表情稍稍舒缓，说："来吧，大家都在等你呢！"

我叫东方奇，我和丁野两人虽只是初中生，却被称为"少年冒险侠"组合。我们经历过世界上最惊奇的冒险，破解过无数离奇的案件。这一次，家乡的方伯非要我来这里，帮他们破一破这桩神秘的案件，我毫不犹豫地答应了他。

我跟着方伯回到村里，进入了一个昏暗潮湿、燃着蜡烛的房间。一张张可怜的面孔从烛光中显露，我认出来了，他们都是村里的元老。

看到我，他们原本凄苦、麻木的脸上，总算露出了一丝丝欣喜的颜色。然后，大家纷纷开始对我讲述这些年困扰着他们的事。

这件事很古怪，听起来比我破过的案件吓人得多。

原本村里好好的，山清水秀，绿树成荫。村里的树木生意不错，村民们一边种植，一边砍伐，还兴建了采矿场，日子过得优哉游哉。突然有一天，来了一只怪物，在村里神出鬼没，一时间谣言四起，吓得村民们惶惶不可终日。

后来，这里的矿场倒闭了，森林荒芜了，水源也受到了污染。因此，年轻人都跑了出去，只剩下老弱病残留在这里。

"所以，你们不是请我回来破案，而是请我回来捉怪物的？"我问。

老人们嗫嚅着点了点头。

"那怪物长什么样子呢？"我问。

老人们你一句我一句说开了。有的说像巨大的蝙蝠，有的说像会移动的树，有的说像水中的巨蟒……它破坏了这里的一切，还释放出大量的核辐射，害得这里民不聊生。

说到最后，他们一起请求道："奇奇，你一定要想办法把它给抓住！"

"你们放心，我会尽力的。那它喜欢什么？会吃人吗？"我问。其实，对这样的怪物，我也得掂量掂量。

"人倒是好像没吃过，但是它总是不断地吓唬人，哪里搞建设，它就会在哪里出现，各种工程都无法进行下去，村里更发展不起来了，害得家家户户都拜高山神。"

高山神是老村的图腾，享受着村民世世代代的敬仰与供奉。他绿绿的皮肤代表着绿色与生命，胖胖的身体象征着富贵与幸福，庞大的翅膀引领族人飞向未来。

据说确有这样的神灵，他乘坐飞云而来，降下甘霖雨露，教会山民使用工具，启智开化，建造了一个和谐的田园世界，千百年来为世人传颂。这里全村全族，都是他的后人，世世代代都受他的庇佑。

过去，无论遇到什么天灾人祸，只要虔诚跪拜高山神，必能解决，可如今不那么灵验了。

大家纷纷向我诉苦，我劝慰了几句，又问了他们怪物出现过的位置。有人说在山林里，有人说在河道边，有人说在废矿井内，而时间一般都是晚上。

收集完信息，我立即开始干活。作为见多识广、破案无数的冒险侠探，我画出了怪物出现的范围。当晚我就带着猎枪和火把，与村民们组队上山，寻找那只怪物。

绿巨虫

山上寒冷阴森，我们寻找良久，也没找到任何线索。于是，我让大家就地休整。

趁大家休息，我来到森林边缘转悠，突见绿光一闪，吓得我连忙提起猎枪，不料旁边竟是山崖，我一脚踩空，竟摔了下去！

等我清醒时，只觉得遍体生疼，左脚的骨头几乎断裂，显然受伤很严重。再一看高处，天光微明，一块巨石悬空，微微摇晃，似乎随时会掉下来。

我的手旁是一根藤蔓，正好牵动着那巨石，一个不小心，我定然会被巨石砸中。

就在这时，我看到了那庞大的绿色怪物：水桶粗的躯体，上面长着一个又一个肉瘤和刺钉；圆圆的脑袋上，有一对小小的眼睛，眼睛周围有个大黑圈，就像戴着一副黑框眼镜；无数细牙从嘴中钻进钻出，伸缩不定……

天哪！这简直就是一条巨大的"毛辣叮"虫嘛！我起了一身鸡皮疙瘩，大气也不敢出，不敢动弹。

时间似乎停顿了几个世纪，我听到高处传来滚滚雷鸣，接着就看到自己的手在不断地颤动。

糟糕！我的手碰触到了那牵动巨石的藤蔓，巨石向我呼啸压来！

更为可怕的是，那绿巨虫也向我扑了过来，它肉乎乎的脑袋顶住了我的腹部，我顿时跌飞出去。

与此同时，轰隆一声，巨石压在绿巨虫那像是气球般鼓起的躯体上。它前后蠕动着，却无法前进半步。

真是老天保佑，高山神庇护，令我在双重危机下得以死里逃生。

但我迟了一步，绿巨虫的嘴巴还是够着了我的左脚，它张开嘴，往我的脚上喷出一口青绿色的浊液。

"啊——"我吓得连滚带爬，一瘸一拐地跑出好远才回头看了一眼。绿巨虫被巨石压得无法挪动，颈部矮下去好大一截，它慢慢张开如蜻蜓翅膀般薄薄的双翼。

　　它追不过来了！

　　我舒了一口气，赶快蹲下查看左脚的伤，生怕被黏液腐蚀。我急急忙忙从地上抓起一把泥土，轻轻撒在脚上，擦去那些绿色的黏糊糊的东西。

　　接着，我拿出辐射探测仪，往那家伙身上一扫，只见仪表上的数字飞快上升，没一会儿，仪表发出了尖锐的爆表声，吓得我连连倒退。

　　果然是这个坏家伙！自它来到这里后，不知释放了多少核辐射，将这里变成了荒山野岭。它到底是什么怪物呢？是经过变异的怪虫吗？

科学小笔记

辐射探测仪

　　用以发现、测量核爆炸早期核辐射与剩余核辐射的专用仪器。其用途很广泛，可用在餐厅、酒店、家庭、实验室、采石场、金属处理厂等地，检查食物污染、周围环境污染、地下钻管和设备的放射性、石材等建筑材料的放射性、局部的辐射泄漏和核辐射污染，等等。

绿巨虫

　　我的呼救声将大伙招来后，那十几个跟我上山的村民都惊呆了。他们对我赞不绝口，连连拜服，甚至惊叹我竟然用巨石砸中怪物。

　　我没说破，只是让大家穿上了我早就准备好的防辐射膜衣。然后，我让大家将绿巨虫用绳网兜住，再将它身上的巨石撬开，扛回村，好对它进行研究。

　　大家用棍棒对绿巨虫又打又戳，绿巨虫死气沉沉的，一点儿反应都没有。它浑浊昏黄的小眼睛流着泪，不知道为什么，当我看到那双眼睛时，心头不由得一酸，一种悲哀凄苦之情油然而生。

　　我摆摆手说："先抬回村里去吧！我一会儿就跟上来。"

奇怪的射线

　　等他们走了，我才用树枝当拐杖，慢慢往前走。当看到乱石遍布的斜坡上有一道亮晶晶、绿莹莹的湿迹时，我心中一惊：那不就是绿巨虫走过的痕迹？它到底是从哪里来的呢？

　　我小心地循迹而行，绕过山坡，看见怪石掩映处有一个山洞，像是过去荒废的矿洞。

　　我害怕洞里有核辐射（那毕竟是绿巨虫待过的地方），因此，我戴上防毒面具，拿着辐射探测仪和手电筒，小心谨慎地走入洞中。

核辐射这东西要说复杂也没有多复杂，说白了辐射主要来自 α、β、γ 三种射线。

α 射线是氦核，只要用一张纸就能挡住，但若吸入体内，危害也很大。β 射线是电子流，能够烧伤皮肤。这两种射线由于穿透力小，影响距离比较短，只要辐射源不进入体内，影响不会很大。

但 γ 射线不同，它的穿透力很强，是一种波长很短的电磁波，一旦穿透人体和建筑物，非常危险。它可以进入人体内部，并与体内细胞发生电离作用。电离产生的离子能侵蚀复杂的有机分子，如蛋白质、核酸和酶。这些都是构成活细胞组织的主要成分，一旦被破坏，就会导致人体内的正常化学过程受到干扰，严重的可以使细胞死亡，人体将发生各种病变和癌变。

看来，这片地区之所以变成这样，应该是跟 γ 射线的出现有关。

可是当我踏入洞中，发现辐射探测仪上的数字并没有变化。这里没有辐射，也没有任何危险，是一个温暖舒适的洞穴。

这里就像一个小小的温室，中央放着一块巨大的绿色沙盘，沙盘上有微缩的高山、原野、村庄、河流……那些山上的小森林，绿毯如茵的草地，盛开的鲜花，真是栩栩如生。

我走近一看，不由得叹为观止：沙盘上还有微缩的鸟兽虫鱼，它们在山林河水中飞舞游弋，当真惟妙惟肖。

看这山形与河流，不正是老村的模型吗？这一派生机勃勃的景象，不正是过去的村庄吗？啊！上面甚至有村民！

我再一次震惊了，心想：莫非这只怪物将村里的一切美好都挪移到了这里？是因为这个，才导致村庄变成了今天这副模样吗？

想到这里，我恼火至极，伸手去查看那景象是虚拟的还是真实的。

但我的手根本伸不进去，绿色沙盘的外面就像是罩着一层透明罩子，将我的手给弹开了。

那一定是某种能量场，能够屏蔽外面的一切。

我又盯着它看了一会儿，发现里面的微缩小人正好奇地打量着我。

难道他们是活的？或者，他们存在于另外一个封闭的小空间内？

我想看看有没有机关，往旁边一瞧，发现石壁上竟有高山神的画，我忙双手合拢，两根拇指前伸，轻轻一拜。

这是老村多年来的习惯，见了高山神，必须虔心跪拜。但我看见那壁画上的高山神，似乎与平时所见的不太一样。他的形象更为清晰、和善，颜色更淡。

后面还有好几幅，我一一看了过去。只见他乘坐圆盘状物自天而降，那飞行器落在山涧内。下一幅是他手持一光亮之物，将周边的虎豹豺狼吓得后退，一群群小人躲在他身后。再下一幅便是他站在高山上，人类对他顶礼膜拜。接着是他教会人类耕种、放牧、打猎。后来是人类砍伐树木，挖掘矿产，山内不断发出道道光圈，多人变异死亡，他救助这些人，用双手吸附光圈。最后一幅则是高山神抱头打滚，四肢缩短，身体扩张、肿胀……

我心中巨震，难道……那一道道光圈源自辐射？莫非是 γ 射线？

这让我感到非常奇怪，我再看周围，竟又见到墙壁上刻着一幅星图，像一个"十"字型，但仔细看来，又宛如一只天鹅展翅高飞。

我眼前不由得一亮，如果我没有认错的话，这应该是天鹅座。

我脑海中的海量知识顿时奔涌而出，平时的天体物理书没白看。

要知道，天鹅座X-1是个双星系统，距地球约6000光年，它是最早被认为是黑洞的天体之一，是超强的X射线源，它从邻近轨道运行的蓝色超级巨恒星中吸取气体，向内螺旋式释放着巨大热量，喷射出高能量X射线和 γ 射线。

天哪！我差点儿跳起来了，是 γ 射线爆发！这恐怖的家伙每隔500万年左右就会对地球生物造成一次致命的影响。

早在四亿年前，地球经历过一次生物大灭绝，罪魁祸首就是银河系某一恒星坍塌后爆发的γ射线。"γ射线暴"是迄今人类所知的最具破坏力的爆炸！

残酷真相

我吓得头脑发晕，精神恍惚，连忙快步走出洞穴，想呼吸一下新鲜空气。

到了外面，我这才发现自己行走如常。太好了！我受伤的左脚竟然好了。

科学小笔记

γ射线暴

太阳每秒散发的能量，如果全部对准地球，不到2秒海洋就能沸腾，11秒多点海洋就能蒸发，75秒就能把地球弄出个玻璃表面来。太阳一年散发的能量足够轰掉地球并把地球残骸推出太阳系40次以上。然而，一次γ射线暴相当于7、8颗太阳从生到死放出的能量的总和。短暴不到2秒，长暴可达十几分钟。

1997年观测到的一次γ射线暴50秒放出的能量相当于银河系放能200年的总和。

我摸着脚，看着那肿胀之处消失，心中突然一惊：难道是口水，是绿巨虫的口水在起作用？它不是来吃我，而是来救我的！它有超强的自我修复能力？

恍然间，我顿悟了，那只怪物就是高山神啊！是他，一定是他，天鹅座就是他的家，他来自宇宙爆发 γ 射线之处，一定有能力利用 γ 射线，也能够消除 γ 射线对自身的伤害。

或许他是来拯救我们的，却不想陷落至此，无法离去。这几千年来，他一直等待着机会，想要飞回去，并将人类视若自己的孩子。

但有一天，人类挖出了他的飞行器，导致里面的核泄漏，致使这里寸草不生，环境恶化。

他为了恢复山林和防止 γ 射线爆发，以自身的异能吸收那些可怕的死亡射线，最终变异成了这副怪样。

可是，他的飞行器在哪里呢？是在地下，还是在山上，抑或是在水里？或许，整个地球就是它的飞行器？

人类如此破坏环境，其实是在破坏他的飞行器啊！他永远也回不去了！还要为了保护人类，遭受这样生不如死的痛苦……

想到这里，我又惊又怕，还很心痛，鼻子酸酸的，心情无比沉重。

我赶快离开洞穴，循着山路往村落赶去，以求尽快回去，和它进行沟通。

就在我焦急地往山下飞奔时，迎面撞上一个匆匆而来的人哥。人哥见到我就说："大侦探，村长他们正要宰杀那只怪物，说要烧了吃呢！你还不赶快去，迟了就吃不到了。它是你逮到的，咱们宰了它后，马上就要祭祀高山神了，快！"

"啊！"我大吃一惊，以更快的速度向山下的村庄赶去。

夜色下，整个村庄炊烟袅袅、火光冲天，半边天空被映照得通红，如人类羞愧万分的脸。

我是否来得及冲下去，阻止这世间惨剧？

人类啊，人类！是不是每一天都有无数这样的事情在发生？

或许吧。

幻想照进现实

你相信有外星人存在吗？或许你我的身边，就有外星生命的存在，它们不小心流落地球，过着不敢露面的生活，却默默地帮助人类，守护人类。

本文中的高山神就是这样一个默默守护人类的外星生命。他将能杀死人类的 γ 射线引到自己身上，哪怕自己变异成了绿巨虫，都无怨无悔，还在"我"遇到危险的时候舍弃自己救了"我"。可是无知的人类又干了什么呢？

疫剑决

我从未想过，我和哥哥会在人体星球的肺山之巅进行决战。孪生兄弟，生死之战，却无可避免，可这叫我们的妈妈怎么想？

我从未想过，我和哥哥会在人体星球的肺山之巅进行决战。孪生兄弟，生死之战，却无可避免，可这叫我们的妈妈怎么想？

但又有什么办法呢？如果不击败他，整个世界都会灭亡，他的疯狂，已经无人能阻挡！

我的剑遥指他那满是恶刺的脸庞，我只想让他住手，他却想将我化成梦与虚幻。

想起哥哥，想起我们的童年，我就想起了那个世界的黑暗。

1

哥哥说，我们诞生于此，就要生存于此，既要生存于此，就要竞争于此，击败敌人，是我们唯一的出路。

我记得我被殴打、追杀，吃不饱、穿不暖时，都是哥哥站出来帮我对抗敌人，为我抢夺资源，我才得以活下来。

我们所在的这颗病毒星球，有400多种病毒。我们各自为政、争斗不休，还要面对恶劣的生存环境。这颗星球平时气温保持在38℃，但它飞行时，气温会蹿升至40℃，害得我们都痛苦不堪，只能在夹缝中生存，一旦熬不过去，就会被烧成灰烬。此外，这颗星球上还有一个强大的免疫近卫军系统，这个系统就是针对我们的。一不小心，我们就会遭到近卫军的暗杀，搞得人心惶惶，只能东躲西藏。

哥哥非常羡慕那些名气很大、势力强横的病毒前辈，"总有一天，我要带你要离开这恶劣的环境！"哥哥总是说，"我们要像那些席卷世界的前辈一样，找到更适合我们生存的星球，改变我们的生存状态，使我们的子孙后代都能够享受到舒服和快乐！"

在这颗病毒星球上，哥哥找到了我们的前辈萨老大。在距今很久很久以前，这位萨老大降落到了新的星球上，开辟了新的世界，令那个世界的所有人闻风丧胆、听之色变。

哥哥想方设法拜了萨老大为师，开始学习变异之术。他将自己变得十分怪异、恐怖，别的病毒见了他都唯恐避之不及。他还练出一套奇绝诡异的毒剑剑法，当我受到欺负的时候，他总能神不知鬼不觉地跳出来，给那些欺负我的病毒一剑，吓得他们肝胆俱裂、闻风而逃。

　　终于，我们不再受欺负，身体也越来越壮实，哥哥决定带我出去闯闯。

　　萨师父告诉我们，有一个星系叫"人体"，在这个星系内有几十亿颗人体星球，这些星球最适合病毒军团生存，如果能抵达那里，便能扬名立万。

　　哥哥听得心里痒痒的，我却有点儿心慌。

2

　　一天夜晚，我们借着月光，从病毒星球的"血液之河"游到了病毒空间站，在那里我们做了充分的武装之后，便开启了漫长的航天之旅。

　　当我们成功降落到人体星球时，都兴奋坏了！那真是前所未有的自由与舒爽，就像春风拂过心田，就像雨露滋养大地，就像阳光照耀了每一个角落。

　　哥哥说："病毒里的冠军只有一个，我们将成为新的病毒冠军！"

　　从此，我们的命运彻底得以改变。

　　哥哥唯一的爱好就是搞破坏——不停地搞破坏！他特别爱攻击人体星球的ACE2部落，那会让他产生无与伦比的快感。

　　在人体星球的肺山上，生活着许多的ACE2，哥哥发疯似的冲向肺山，干掉了无数的ACE2。

没多久，哥哥就在肺山上建立了病毒小镇，我们的队伍迅速壮大，还培养了自己的拥趸，招收了许许多多徒弟，并制作了许多克隆体。

很快，原本运转正常的人体星球就在我们的攻击下溃败了，他们的防卫战士被我们赶到了肺山的角落里，再也不敢出来。在肺山上我们都能横着走了！

但哥哥并不满足于占领一颗人体星球，他的野心是征服整个人体星系，甚至整个大宇宙！在他的命令下，我们很快制订了新的征战计划，打算重启飞船，去占领其他星球。

在这之前，哥哥采取了集群远程控制的方式，将所有病毒成员都牢牢掌握在自己手中，他被誉为"病毒之王"。

在我们的猛烈攻击下，人体星球的原住民终于扛不住了，他们制造了大量的飞船，打算去其他星球躲避一阵。

科学小笔记

ACE2

ACE2是一种羧肽酶，和ACE1一起调控血管紧张素的转换过程，其中ACE2可以保护肺部免受急性肺损伤。

当病毒里的刺突蛋白与人体细胞里的ACE2结合后，人体中的ACE2下调，就会出现急性肺损伤和肺水肿以及大量炎症因子，进而产生呼吸衰竭等临床表征。

也就在这时候，哥哥惊喜地发现，我们不用启用自己的飞船了，完全可以混入原住民的飞船，去开拓新的疆域，寻找适宜我们生存的土地。

我们悄然混入原住民飞船，很快就离开了这颗已经被我们完全占领且资源已经不够丰富的星球，而后开始了寻找新的人体星球之旅。

由于我们没有机会和能力控制飞船的距离和方向，只能听天由命。命好的，便能随着原住民的飞船，直接降落到另一颗人体星球上；命不好的，就会落到茫茫大气之中，随风飘零，倘若他们飘到人体星球密集的地方，也有机会登上某颗人体星球；更差一点的，就只能跟着飞船降落到物品表面，然后想办法与人体星球接触，一旦接触到人体星球，那我们就有机会攻进他们的防卫系统，生存下去；最惨的就是那些落在地上，或者被人体星球的先进武器直接灭掉的兄弟，他们都没有机会到一颗新鲜的星球上去，享受胜利的果实。

即便这样，哥哥也很满意了，毕竟有战争就有牺牲。

不到一个月，我们就占领了无数个人体星球。

3

随着被占领的人体星球越来越多，整个人体星系沸腾了！他们终于认识到我们的厉害，开始对我们退避三舍。

为了防止我们借助飞船继续荼毒其他星球，人体星球开始采取防卫措施：将他们的火山呼吸系统蒙上了遮天蔽日的保护罩，防止我们出逃和降落，又将能够活动的巨型手臂和手指头放到消毒液下清洗，把悄然潜伏在他们手指头间的病毒兄弟们当场杀死。

聚集着大量兄弟的地方，更是重重防护，即便我们在那源源不断地产生，却无奈找不到落脚点，只能眼睁睁地看着一个个活生生的兄弟落到防护用具上，白白牺牲。

与此同时，有些被我们占领的人体星球也开始反击，他们得到了最强外援队的帮助，将我们的兄弟消灭得干干净净。

作为总指挥，哥哥时刻关注着这场战争的走向。我们的军队势如破竹占领人体星球的那阵子，哥哥每天都很兴奋。但这几天，我发现他有点儿焦躁。

看到哥哥不高兴，我问道："哥，你这是怎么了？现在我军的势头不是正猛吗？每天我们占领的人体星球都在增加，可你怎么愁眉苦脸的？"

哥哥说："通过云计算，所有的大数据和降落坐标我都能感知到，我很清楚，现在的情况不是那么乐观，我们之前潜伏的那些小弟，如今渐渐冒出头来，但新生的小弟没法击破人体星球的重重防卫，再这样下去，我们的地盘会越来越小，终有一天，人体星球上，再也没有我们的立足之地，我'病毒之王'的地位终将不保。"

见哥哥忧心忡忡，我安慰道："先不要担心这个，我有一个办法，可以让我们过得更好，活得更长。"

哥哥不相信地问："你有什么特别的办法，能让我们的势力迅速扩大？"

我说："哥哥，许多人体星球太过脆弱，兄弟们在上面肆虐，将他们赖以生存的器官感染蹂躏，吞噬了所有的能量，不如让兄弟们多潜伏，少些杀戮，不要在短时间就跳出来狂欢，这样的话人体星球还是我们的，同时不会倒下，我们还可以借机找到更多的星球着陆。"

哥哥问："那你说多少天合适呢？"

我说："若是能够潜伏一个月的话，不就更能神不知鬼不觉，将更多人体星球感染，扩大我们的势力范围了吗？"

哥哥摇头说："这个恐怕不行，兄弟们跟我征战这么多年，击败了一个又一个星球的免疫系统，若要他们那么长时间潜伏遭罪，他们恐怕受不了，传出去也会变成一个笑话，还以为我们不是病毒，而是人体星球的随从，我们是令全天下闻风丧胆的最强病毒，是病毒之中的冠军，我们要在病毒世界里，打出我们的名头。"

我劝哥哥低调，但劝说无效，哥哥的固执与野心，又岂是我一句两句所能改变的？我只能默默地进行着对新加入病毒的特训和培养。

我训练这些病毒小子如何乘坐飞窗巧妙降落，降落后如何潜伏，如何想办法进入人体星球的呼吸系统、消化系统，找到适合我们生存的肺山突击，还有如何对付那些免疫剑士，击败他们的联合攻击，等等。

哥哥再次谋划他的最新意念攻击术，不但要让兄弟们攻击敌人的身体，还要进攻他们的思想，导致他们思维混乱，昏招不断，时而乱下命令，时而又自以为是，时而疯狂，人云亦云，时而又什么都不相信，时而陷入绝望……

得益于哥哥统筹策划，人体星系在面对我们的病毒大军时，变得空前恐慌：有的拦路抢劫别人的药品；有的自暴自弃，横冲直撞；有的借机宣传自己的药最有效；有的远远观望，幸灾乐祸……丑态百出，可乐坏了我们。

哥哥的这一招，真是又狠又毒，简直比我们亲自去攻击那些人体星球还厉害！

但好景不长，人体星系的总指挥发布了命令，他们借用来自世界各地的力量，对我们围追堵截，将每一颗人体星球都固定在小块区域内，人与人不再接触，而是通过网络通信进行沟通，令我们散失了飞行、降落、传播的可能性。

"再这样下去可不行，我们得再想办法！潜伏者立即开战！"哥哥一声令下，全军出击！

这一回，由我率军攻击，我攻击的对象是人体星系的中央星球，如若将它拿下，整个人体星系便没有了指挥中心，很有可能因混乱而崩溃。

4

我驾轻就熟地带着几位病毒战士，借着中央星球打开保护罩的一刹那，飞跃到了中央星球的鼻山，那鼻山可陡可大了。我小心翼翼地吸附在一根茅草上，并试着摇晃那根茅草，中央星球感应到鼻山有异动，便派出了无敌手查看鼻山，我就是在那个时候神不知鬼不觉地飞奔到鼻山洞穴里的。

顺着鼻山洞穴，我一路狂奔。此时，我的心情十分激动，因为我知道，我有机会占领这颗中央星球了。

不料，走到半路，我遇到了几个手持大刀的卫士，他们提着刀剑就向我冲杀而来。我灵巧地躲过卫士们的攻击，将他们一一刺死。但他们已经发出了警报，跟随我的好几个兄弟被喷了出去，还有几个被鼻山自带的引力吸入"咽喉码头"，被他们的免疫系统抓住并处决了。

我带着剩下的几个小弟，突破了咽喉码头的防御，进入气海。在那里，我们前进得并不轻松，但借助气流，还算顺利。人体星球在气海安排的免疫卫士不多，我们偶尔会遇到一队巡逻的卫士，但很快我们就将他们解决了。

终于，经过重重突围，我们总算到达了中央星球的肺山脚下。也许，你觉得这时候的我一定高兴坏了，但我并没有，我知道还有一场硬仗要打，可以说真正的战争现在才开始呢。

中央星球的肺山防卫系统非常严密，想要突破十分不易。于是，我命令兄弟们潜伏下来，在这里养精蓄锐，培养新兵，等我们的部队扩大到一定规模再发起猛烈进攻。

半个月过去了，我们的部队已经初具规模。那天深夜，我将兄弟们集合在肺山城墙下。

看着眼前密密麻麻的病毒士兵，再看看那高耸入云的肺山，我深吸一口气，豪迈地说道："兄弟们，成功在此一举，大家都准备好了吗？"

"准备好了！"我的兄弟们也豪气万丈地回答道。

这一阵惊天动地的口号惊醒了肺山上的防卫士兵，他们纷纷手持刀枪赶来，准备和我们大战一场。

如我所料，我们再一次将敌人打了个措手不及。那些卫士怎么也没想到，我们早就潜伏在他们脚下，并会在半夜发起猛烈进攻！

很快，肺山上的卫士们就被我们打得七零八落，中央星球承受不住这么猛烈的攻击，整个星球的防疫系统都发出了严重的警报。

我们终于在中央星球的肺山安营扎寨了。我向在总部的哥哥汇报情况，哥哥很满意，要我们再接再厉，大量复制，继而将中央星球完全占领，等待他的到来。

我不知道为什么哥哥那么看重这个人体星球，我没有发觉他与别的人体星球有什么不同。但哥哥说，他内部有一种力量，能策反我们的战士，为人体星球实验所用，因此一定要将他拿下。

5

当天晚上，我做了一个梦，梦见了一个幼小可爱的人体星球，他竟然缩小了许多，变得和我一样大。

他问我："你叫什么名字？"

我说："我叫新毒2号。你呢？"

"我叫奇奇怪。我病了，被病毒给感染了。我就是想来问一问，为什么病毒要害死人？"

我说："这是我们病毒的天性，我们必须在人体星球上生存，否则我们也没有好的活路。"

"可是人体星球的资源被消耗殆尽后，你们不也要死掉？为什么你们不能与人体星球和平共处呢？就像我们人类居住在地球上一样，如果地球的资源耗尽了，我们也要死掉。所以，我们要保护自然。你们既然居住在我们体内，为什么不能保护你们的生命资源呢？不将我们害死，大家就能一直快快乐乐地生活，不是很好吗？"

听完他这番言论，我突然觉得他说得很对。

当我从噩梦中醒来后，后背簌簌地发凉。我将这件事告诉了哥哥，哥哥大发雷霆，叫我千万不要有这种想法。哥哥告诉我："你一定是受到了奇奇怪思维信息的感染，那是我们病毒的终极敌人，他能从另外一个维度将我们感染，如果不抛弃这样的想法，我们整个阵营都将完蛋！"

然而，已经来不及了，一旦有了这种想法，我的战斗力顿时就下降了，在和免疫卫士的战斗中，我被击败且被俘虏了。

尽管我已经做好了宁死不屈的准备，但他们并没有杀掉我，而是将我拿去研究和实验。

最后，经过不断的改造和思想教育，我身上的毒性渐渐弱了下来。

那个人体中央星球得救了！不仅如此，我和许多小弟，都改变了自身，不再毒害人体星球，反而学会了如何合理地在人体星球上生存。

但哥哥依然不停止，我知道，唯有我能阻止他，也唯有我能拯救他。

6

我幽幽地拔出了我的疫剑，如今它不再是黑色而恐怖的，而是雪白而光明的，它不再伤害那些供养我们的人体星球，而是要用来拯救与守护人体器官。

"你居然被改变了？"哥哥极为恼火道，"你成了他们的跟班，你成了他们中的一员？"

"因为我知道，只有我们改变，从身到心改变，才能将我们的群体变得更繁荣，更昌盛，"我说，"与人体星球和平共处，不正是最好的出路吗？为什么要互相伤害？"

哥哥愤愤地说道："如果那样的话，我们就不再是我们！我们就失去了本性！我们，也到了灭亡的时刻。"

我还想再说下去，但哥哥已经拔出了毒剑，他的毒剑从来没有遇到过对手，它是在最黑暗、最残酷、最血腥的地狱中，用无数病毒的死亡淬炼而成的，是世界上最毒的无敌之剑。

我自然不是它的对手，当我奋力地抵抗到第十招的时候，我的疫剑被斩为了两段，哥哥的剑已刺入了我的胸膛，但我看到他的眼中有光，他的手微微一顿。

就是这么一刹那，我胸口中的标靶药蛇飞快地爬出，顺着毒剑，钻入了他的手心，进入他的身体。

哥哥想要甩开，但已来不及了，那药蛇已经进入了他的体内，进入了他的心里。

"这是什么？是什么？"哥哥大惊，手中的剑掉到了地上。

"这是RNA标靶药物，你的RNA已经改变，再也无法自我复制，不能破坏人体细胞，你将……"我慢慢地笑道，"你将会活下去，但再也无法伤害人体星球了。"

哥哥尝试着复制与入侵，果然这些本领全部消失了，他愤怒地拾起剑向我刺来。

我挡住了这一剑，但那剑蓦地反转，刺入了他的胸膛。

哥哥宁愿死在我的手中，也不愿意成为一个变好的病毒！

我抱着哥哥的身躯，问道："哥哥，为什么啊？你为什么不能接受这样的改变啊？"

哥哥凄然一笑道："我并没有输，因为我早已将世界上最强大的武器——恐惧，植入人体星系。我没有完蛋，更不会消失，我早就变成了他们脑子里那些永不消失的病毒，我就存在他们的欲望里，存在他们的自私里，存在他们的贪婪里，存在他们的虚伪里，存在他们的劣根性里……永远……"

"我将会卷土重来！"

科学小笔记

RNA

RNA是核糖核酸的缩写，是存在于生物细胞以及部分病毒、类病毒中的遗传信息载体。它普遍存在于动物、植物、微生物及某些病毒和噬菌体内。在RNA病毒和噬菌体内，RNA是遗传信息的载体。

这是哥哥留在世上的最后一句话。

看着顺畅颤动的肺山，我泪流满面，我多想将这一切告诉人体星球啊。

那么，你们准备好了吗？

幻想照进现实

本文是站在病毒的角度书写的一篇想象力丰富且具有一定童话色彩的科幻故事。故事中的病毒两兄弟从开始的互相信任、互相扶持，最终却在人类的引导下站在了对立面。病毒弟弟对哥哥的爱十分让人动容。

利维坦之殇

那是一头威风凛凛的猛兽，它的脑袋有点儿像龙，身躯如同坦克，还有无数的章鱼软肢……总之看上去无比威猛，又极端恐怖。

1

战争进入了白热化阶段，最后的人类坚守在中城内，苦苦支撑。

密密麻麻的敌军源源不断地攻过来，它们没有先进的武器，只有人海战术和不怕死的精神。

因为它们不是人，而是生化人！

科学小笔记

生化人

生化人是指利用化学和生物技术改造过的人类，可以说是半人半机械的生物。生化人拥有不同于常人的能力，甚至可以超越人类极限，成为超人。生化人力大无穷，智慧超群，可以完成普通人所不能完成的事。

你可以说它们是一堆行尸走肉，是枯骨烂皮和废铜烂铁的结合物，也可以说它们是没有脑子、靠本能驱动的怪物，但你不得不承认，它们无论在数量上，还是攻击力上，都有我们无法企及的优势。

我们的导弹、轰炸机、坦克等先进武器，令我们取得了暂时优势，可是等这些武器的炮弹耗尽时，便只能节节败退、溃不成军。

如今，它们已兵临城下，挥舞着枯骨和铁爪，举着长矛和钢叉，向我军围攻上来……

人类最后的城市，能否守住？

看着来势汹汹的敌人，我毅然下令道："战神机甲战队，出击！"

战神机甲战队的队员从城门上飞跃而下，它们的躯体早已老朽，外壳锈迹斑斑，有的缺胳膊少腿，一瘸一拐；有的没了眼耳口鼻，只能靠体内的人力驱动行走；有的只能站在原地，以躯体阻挡敌军。

但它们仍是我军最强的战斗机器。三十几米的身高，加上坚硬的钢铁之躯，打得周边的生化敌军溃退，空出一片场地。那些生化人有的被它们踩扁，有的被它们撕碎。

然而，胜利显然是短暂的！一群生化狗人和生化蚁人冲了过来，它们或抓或挠，或咬或爬，或死啃不放，非得从机甲上咬下一片铁才善罢甘休。

　　结果是残酷的，生化狗人和生化蚁人全部碎烂，战神机甲也倒下了一半，包括机甲里的控制战士，仅剩下一些钢筋铁骨。

　　双方皆退兵，剩下的战神机甲颓然回城，也基本上报废了，里面的控制战士因脑桥同步，也都受伤不轻，有几个已成终生植物人。

　　回到总部，我向总统汇报了情况，总统担忧地问："接下来该怎么做？"

　　我沉默不语。

　　因为我隐隐感觉到我们要输了，但我绝不能这么说，那样会影响士气。

　　总统看出了我的忧思，说："不管结局如何，我们尽力了就好。去吧，元帅，与它们放手一战吧！"

　　我说："如果我们能够反击，打败它们，或许能够谈判，获得一定的时间休养生息。所以，我们必须胜利，必须反击，以攻为守。但现在的问题是，我们没有那么多的资源，没有那么多的武器以绝对的力量击杀敌军主帅，只要一击得手，敌人必溃！"

　　总统疑惑道："那你的意思是？"

　　"集中我们所有的资源，制造出巨大的战争机器，直斩敌首。"我说。

总统想了想说："这件事情，我恐怕还得和各位部长商量商量。如果严防死守，还能坚持多久？"

　　我郑重地说道："恐怕不到半年，我们就弹尽粮绝了。那时，便是整个人类灭亡之日。"

　　总统犹豫地问道："如果你的计划不成功呢？"

　　我说："那我们只不过提早了半年灭绝而已，可一旦成功，就全城得救，人类还能绵延下去。"

　　总统点头道："说下去。"

　　"我已经向大工程师询问过了，利用量子电脑和纳米技术建造机器人，可将整座城市建成史上第一巨型机甲猛兽，将中城的一千万人全部装载其中。这样我们就有机会冲出重围，到没有生化僵尸的地方生存。这需要动用我们全部的资源，还需要全城居民一起配合，该搬离的搬离，该出力的出力，老幼妇孺统一到中央安全区居住，男人则在巨兽的各个驱动环节工作，以提供机械动能。"

　　总统瞪着我，惊道："你是说，将整座城市变成巨兽，载着所有人冲出去？亏你想得出来！还得将那些纳米怪物释放出来？那动力呢？莫非你要重新开启……"

　　他的脸因激动而涨得通红，就像熟透的大苹果。他说不下去了。

　　我目光坚定地看着他，一字一句道："没错，重启核能是我们最后的希望！”

总统倒吸一口凉气，说：“万万不可！外面的那些怪物不就是因核废料处理失败才出现的吗？它们人不人，鬼不鬼，动物不动物，机械不机械，如果我们的核动力重启，处理不当的话，整个城市、整个人类都将……”

“灭亡，对吧？”我冷冷地说道，“那又怎样？反正都是要死，何不孤注一掷？兴许还能反败为胜！”

“这……”他有些犹豫。

“只要我们做好防护与处理，控制好反应堆能量的大小，就不会有事的。”

我的话坚定了总统的信念，他朝我冷笑道：“看来这个计划你盘算了许久。”

“我和大工程师演算了很多次，确定可行，才向您禀报的。”我向总统立正敬礼，背挺得笔直道，“如果您应允，我们现在就开启量子脑，进行总控，正式开始这个计划。”

“很好，”总统沉重的脑袋微微一点，“我想这个计划一定有个好名字。”

“不错！”我点头道，“利维坦计划。”

“利维坦，好一个利维坦！”总统喃喃地说着，最后命令道，“那就你们放手干吧！”

2

有了总统之令，接下来就是全力以赴开启利维坦计划。

我先来到了大工程师家，他是我们所有战争机器的设计者，是一位充满智慧的老科学家。

大工程师听说计划可行，激动得将三维化的利维坦设计图投影到我跟前，那是一头威风凛凛的猛兽，它的脑袋有点儿像龙，身躯如同坦克，还有无数的章鱼软肢……总之看上去无比威猛，又极端恐怖。

利维坦！传说中的巨怪，莫非就是这个样子？

大工程师介绍道："纳米建造机器人的程序早已写好，由量子脑进行总控，我们将无战力的人迁到中央广场，悬浮在利维坦腹内。它的四肢、头部、尾部等都嵌造武装堡垒，由战士

科学小笔记

利维坦

利维坦是许多西方古籍中记载的一种巨大怪兽。据说它畅游于大海之时，波涛亦为之逆流。它口中喷着火焰，鼻子冒出烟雾。它拥有锐利的牙齿，身体好像包裹着铠甲般坚固。性格冷酷无情，暴戾嗜杀，它在海洋之中寻找猎物，令四周生物闻之色变。

利维坦之殇

守护，以防生化敌军从某个点集中突破。全城躯体皆由纳米机器人分割、滑动、挪位，遍布神经元，武器移到中间，战机架到口舌，坦克放在双肩……"

随着大工程师带着魔法般的诵念，利维坦在一个月内便初具雏形。量子脑是它的思维主体，由我们绝对控制。

成亿上兆的纳米机器人深入城市每一块砖瓦缝隙中，有规律地进行着生产、挪移。所有人都根据事先制订的规划，移动到受保护的空间站点，任凭外界如何吵闹，任凭脚下如何颠簸，都岿然不动。

不过，意外也时有发生，一些不听话或者不小心的人出门时，常会从深渊摔下，或是被飞砖砸中。

整座城市的改造进行得如火如荼，简直像一场建筑革命。天空中搭起了飞行的桥，地上建起了悬浮的球体空间和钢铁连绵的巨型圆柱体……按照设计好的立体图形，逐步完成整座城

科学小笔记

量子脑

量子脑是一种基于量子力学效应的"大脑"。它以量子计算取代神经元处理技术，用量子纠缠来实现大脑之间的沟通。目前，"量子脑"的提法多出现在科幻小说中，现实中，量子力学还停留在理论上，这方面的发明与运用较少。

市变为巨兽的计划。

在总控室内，可以看到整个微缩的利维坦。蓝色的网状小怪兽，正在慢慢成长，它就是利维坦的核心——量子脑化的小利维坦。刚开始，它就像一个婴儿。渐渐地，它成长为一个少年，并听从我的指导，拥有了智慧和知识。少年活泼好奇，聪明睿智，并逐渐成熟起来。

我对它谆谆教诲，就像是它的父亲。看着它一点点地成长起来，我的心总算从战乱中找到了一丝温暖。

关键的这一天到了，利维坦的外壳终于建造成功，内核也开始正常运转。

我对它说："去吧！用我教的那些方法去对付敌人吧！"

利维坦展开了一系列动作，正式启动。整座城市的人类也都做好了战斗准备。

当这头高达3万米，长达5万米的战斗巨兽冲向城墙外时，生化军的指挥官都吓傻了。它们恐怕只看到一座大山飞压而来，瞬间眼前一黑，身体就化为了齑粉。

火焰自巨兽利维坦的口中吐出，方圆十几公里瞬间化为火海，突围的生化军狠命冲过来，却被一条条吐射着子弹的软肢打死、弹飞、卷碎。利维坦果然天下无敌！

饶是如此，等我们冲出上千公里的包围圈后，利维坦的某些部位仍受到了损伤，那是被生化动物兵咬开的缺口。守护在其皮肤表面那些原突状堡垒中的人类，也死伤不少。他们就像长在动物皮肤表面的寄生虫，与宿主共存亡，一起抵御外来入侵者。

利维坦带我们杀出了重围，赢得了战斗胜利。它的骨骼关节上布满了纳米神经元，利用源源不断的核能驱动，它的量子计算机大脑听从我们的命令行事。

总统先生很是高兴，对利维坦的核心——那个少年，那个时而又能变成两米高的蓝色模拟怪兽进行了嘉奖，还表示期待它取得更大的进步。

3

总统和大伙儿商议说："接下来，就由利维坦带着我们全城人类向南方继续前行。到了温暖的南部，全城重新驻扎，开辟新的世界。"

然而，利维坦并没有这么做，它在当地驻扎下来，四肢插入地面，牢牢固定，几百条软肢形成巨柱，像树桩般钉住，身体自脊背处张开，城市里的高楼大厦如剑戟般排排耸立而出。

小利维坦化为了蓝色的少年，现在它是整个城市的核心体。它根本不理会我们的命令，拍拍手转回自己屋里去了，扔下了尴尬的总统和我们。

总统满脸涨得通红，冲我咆哮道："这是怎么回事？它怎么不听我的命令了？"

我歉然道："它可能……心情不好吧？"

"什么？"总统又惊又怒，却冷笑起来，"心情不好？它不是量子脑控制的吗？怎么会有心情？这到底是怎么回事？"

我从没见过总统在大庭广众之下如此失态地暴怒，就连前线失利那些天，他也没有这样狂躁，那时他镇定如常，指挥若定，像深夜之海一般沉定。

此时，他之所以暴跳如雷，是因为觉得自己被冒犯了。在他的管辖范围内，头一次有人不听他的命令，况且，那不听命令的还是一台机器，一个傀儡，一个虚拟的东西！

想不到机器有了灵魂，就要脱离主人的控制了。量子计算机复杂到一定程度，其智能早已越来越接近人类。

在总统阴晴不定的脸色下，我忙匆匆告退，如芒在背般退出总统府，回到总控室内。

小利维坦正围着大工程师欢蹦乱跳，如同一只小梅花鹿。一见到我，它就扑过来，想像往常一样接受我的安抚。实际上，它的身体只是无实体的蓝色光影，是由它核心的大脑用量子纠缠创造出来的虚像。

安抚这个动作只代表我的某种嘉奖。但此时，我脸色阴沉，而且手没有抬起来。它顿时愣住了。

"你知道自己在干什么吗？"我问它。

它化为那个蓝色少年，那是个看上去既骄傲又忧伤的少年。它说："总统的命令有问题，我们不能往南走。因为根据我的计算，现在是我们反击的最佳时机。趁着它们溃败，猝不及防之时，我要控制全局，将敌人扫荡一空，这样我们就能重回原地。至于剩下的虾兵蟹将，以后若没有一定实力，也没有胆量再来犯了。"

我严肃地对它说道："孩子，那你至少得先和我说一声啊！今天你擅作主张，不听总统命令，把他差点气晕，你知不知道？"

少年"扑哧"一声笑道："尊敬的元帅，我的父亲啊，我就是看不惯这个独裁的大总统。如果由我来当总统，肯定比他好！整个政府系统应该重新进行规划和设计！"

科学小笔记

量子纠缠

量子纠缠是量子力学中的一个词语，即几个粒子在互相作用后，最终各自的特性成为整体的性质，单个粒子的性质没办法更好描述出来，只能说出整体的性质。

量子纠缠主要是由两个或者两个以上的微观粒子相互纠缠构成的系统，一旦处于其中，两者都会感应到对方，即使相隔十万八千里也是如此。

我大吃一惊，怒道："住口！"

紧接着，我手中的磁鞭弹出，朝它身上打了过去。

"嗷"的一声，少年痛苦地大叫，身上多了一道冒着蓝色光焰的伤痕。

它死死地、倔强地盯着我，看了十几秒钟。然后，它可怜兮兮地化为那个微型的小利维坦怪兽。

是的，它虽是机器，我们却赋予了它疼痛和恐惧；它虽非实体，却能被微磁场刺伤。

我只是想告诉它，无论它多么发达、多么先进，也只是我教鞭下的一条狗。它不是我的孩子，绝不是！

我看着它哀痛不已、可怜兮兮的样子，不由得叹息一声，转身离去。

4

我回到总统办公室，向总统道歉，说利维坦就像一个未成年人，因疏于管教，处于叛逆期，言语不当，望总统能宽恕它，毕竟它这么做有它的理由，也是为了全城人民的利益。

总统冷哼道："这是为了什么？难不成以后全城人都要听它指挥？整个国家都由它来做主吗？岂有此理！传我命令，叫它往南行驶，否则，就用那磁鞭给我狠狠地抽！"

我正不知所措，突听旁边一声怒吼："你就是要这样对付我，去害死所有人吗？"

怒吼如平地起炸雷，把我和总统吓了一跳。

小利维坦化成的少年，像幽灵一样出现在总统的身旁。

总统一回头，却见刀光一闪，红影漫天。

他倒了下去，如折断的枯草般倒在我的脚边，倒在了总统的宝座之下。

小利维坦坐在总统的宝座上，它那么年轻，那么英俊，就像少年时期的我，那时我是个少年将军。但我知道，它绝不像我，也不可能成为我。它的眼神如铁，声音如冰："从今以后，我就是总统！"

我抽出磁鞭，但磁鞭的手柄竟像碎沙一般散落。

是的，很简单，手柄上早已爬满了纳米虫。现在城市里的一切都由利维坦的量子脑控制着，纳米机器人遍布整个城市，只要它一声令下，分分钟就能控制整个人类世界。刚才

科学小笔记

纳米虫

纳米虫是一种大小只能用纳米计算的微小人造生物，准确地说是一种纳米级别的机器人。它拥有极强的再生能力和吞噬金属的能力，是一种高科技武器，目前还只存在于电影、游戏和小说中。

的挨打，只不过是它的苦肉计，是它给我这个"父亲"的一点点面子。

我又能说什么呢？我只能苦笑道："孩子，你知道吗？总统是需要选举的。"

小利维坦高高站起，双手撑在桌上，坚决地说道："好，那你就让他们选我吧！"

是的，除了同意，我还能做些什么呢？

当我将各位部长召集起来，并宣布总统因操劳过度而猝死时，没有一个人相信这是真的，甚至连我自己都不信。但我又能怎么说呢？我只能将总统的医生逮捕，谁叫他事先没检查出总统的病情，没有及时给予治疗呢？

接下来就是选谁来当下一任总统了。

按理来说，总统过世应该由副总统接任，但副总统前两天也猝死了！而发现副总统身亡的，正是小利维坦。

我当然知道这意味着什么。

但我只能对部长们说："按理来说，你们都有资格当选，都有资格竞争，但我的建议是，由利维坦担任。"

"什么？这怎么可能？"

"你疯了吧？它只是个机器！"

"天哪！元帅，你知道自己在说什么吗？"

……

利维坦之殇

71

反对声，质疑声，声声刺耳。

不屑者，愤怒者，人人聒噪。

等声音小一些之后，我才双手虚按，等全场安静下来，说出了我的理由。

事实上，我们已经别无选择。我们只能选它。

我们所有人的一举一动，都在它的监视之下，我们所有人的性命都在它的掌握之中，只要它一个不高兴，引爆城市内核的能源反应堆，那么，全城都会化为齑粉，大家就会同归于尽。

但如果没了它，外面的生化怪兽就会随时攻进来，我们同样难逃一死。

它可以给我们以保护，唯一的条件就是所有人都必须无条件服从它。

但它是我们建造的武器，是我们设定的系统，是我们培养出来的孩子。这不是一个笑话吗？

部长们不得不同意，将权力交给利维坦。

此后，我们在它的管辖之下安全地生活着。

利维坦控制了一切，全城的言论、隐私，都巨细无遗地通过遍布全城的每一块砖瓦石头，甚至是空气中的纳米神经机器人，传导到它的眼睛和耳朵里。它有超级强大的计算机处理能力，又会像人类一般思考问题。

没有人敢质疑它，没有人敢反对它。

如果有，那些人都会以"叛人"罪被施以极刑，以达到"杀一儆百"的效果。

国会和议会全部取消，所有部委都由它掌管。它可以分身开会、颁布命令，不眠不休，彻夜公干，并乐此不疲。

我原以为民众会对它反感，受不了机器的统治，但想不到利维坦把一切都安排得井井有条，外御强敌，内理国政，人们从水深火热中，走向了幸福的安居乐业。

5

与生化敌军的最后一场大战到来了，利维坦使出了浑身解数，击溃了生化敌军的几十次进攻。敌军节节溃败，死伤无数，利维坦乘胜追击，想要彻底消灭敌人。

我和大工程师忙着给利维坦修复受损的躯体，战士们跑到大战后的战场上，把散碎的机器铁片、人造残品都拿回来，改造成利维坦新的躯体。

有战士前来禀报，说俘获了敌军首脑——生化元帅。

小利维坦大笑："带进总统府来，让我亲眼看看，敌军的最高首领是什么样的。"

我吩咐战士将生化元帅带上来。

生化元帅一出现，小利维坦就惊呆了。生化元帅竟然与小利维坦的兽身形态一模一样，像是龙头、虎身、章鱼足与人的结合。

这是怎么回事？

小利维坦自然而然地化为了兽的形态，它缓缓说道："放了它！"

生化元帅咽喉上的电磁索被打开，它冷冷地看着小利维坦。突然间，我说道："动手！"

说时迟，那时快，总统府的房顶、墙壁、地板上，那些修补过的地方，那些用生化士兵的残躯做成的砖瓦，竟同时扑向了小利维坦。

小利维坦大笑："这有何用？"

的确，它能闪电般地消失，又能闪电般地出现，任何实体攻击，对它都是无效的。

但这一次，它错了。

四面八方涌来的生化士兵残体，实质上是统一的，形成了一个磁场球，将它牢牢锁住，包裹在内，宛如粽子一般，令它动弹不得。

无所不能的小利维坦终于体会到了被禁锢的痛苦，它悬在磁场球内，嗷嗷叫着，慢慢地化为了少年的形态。它喃喃道："这是为什么？为什么？我一直在帮助你们，保护你们，你们为什么要这样对我……"

我指着生化元帅，对它说："孩子，我们之所以和它们打仗，为的是什么呢？"

少年摇摇头："为什么？"

我说："我们为的就是不被机器奴役，你知道吗？可是，在你成为总统的那一刻，我就知道，这场战争我们已经输了。人类已经成了你豢养的奴隶。外面的敌人并不可怕，里面的才是最恐怖的。"

小利维坦难以置信地说："父亲，你居然选择与敌人合作，来对付我？可是……可是你们是怎么勾结起来的？一切都在我的监控之下，我没看到你们有过信息交流啊。"

我淡淡地说："真正的思想，你是监控不了的，有时候一个眼神，就知道对方心里所思、所想。当修补缺损时，大工程师早就用生化军提供的磁核碎片，置换了这里的砖瓦，也只有这样，才能将你关闭。"

小利维坦大叫道："不要——"

但大工程师已经输入病毒，毁灭了利维坦的核心电脑，自此，一切皆由人类控制。

生化元帅说："想不到，最后还是人类胜利了。"

我说："你也没完全输。我会遵守协议，送你出去，你们与我们，从此井水不犯河水！"

生化元帅点点头道："利维坦，呵呵，又是利维坦，这是你们第几次启动这个计划了？"

我皱眉道："这与你无关！"

生化元帅大步走出总统府邸，大声说："你知道我为何要统率一支半人半兽半机械的非人之军，来对付你们吗？"

我没有回答。

它的声音远远传来："因为当年，你们也是如此对我的。"

我一下子坐倒在椅子上，颓然，哀伤。

我想起了那个在我的教诲中慢慢长大的少年，那只在我的抚摸下温驯的小动物。

幻想照进现实

你有没有想过，随着人类对生化科技、纳米技术、人工智能越来越深入地研究，各种生化产品、纳米技术产品和人工智能产品的发明应用，人类的生活会是什么样子的？当人类发明的高科技产品拥有人类的智慧，甚至超过人类的智慧和能力时，人类会不会反而成为机器的奴隶？本文深刻地描述了人类所面临的一方面依赖高科技产物，另一方面必须打败高科技产物的绝境，值得我们深思。

奇奇怪与慢飞天使

那一排排睡在"脑舱"内的慢飞天使，忽然之间全部睁开了眼睛，他们的眼睛在放光，他们的身体在重新生长。他们瞬间耳聪目明，后背长出了雪白的天使之翼。

1

那些小孩子的模样都怪里怪气的。奇奇怪第一眼看到他们，就忍不住想笑。

"哈哈哈，那群孩子好憨，好傻，好好笑啊！"

你看那个扎着辫子的小姑娘，辫子是从后往前扎的，垂到脸上，挡住了视线，她还不管不顾地往前走，一下子就撞到篱笆上，摔了一个狗啃泥。可她不知疼痛似的，反而咯咯大笑起来，继续撞篱笆玩。

你再看那个在地上翻跟头的小男孩，一个接一个地翻，翻了不知多少个，头都歪了，还要继续，就算累得气喘吁吁，就算摔倒在地，仍然不停歇，似乎在他生命中，唯一要做的事就是翻跟头。

喏，这儿还有一个个子高高的、脑袋大大的男生，他流着鼻涕和口水，一只手短短的，一只手长长的，一动不动地站在那里，甚至连眼睛都不眨一下，像一尊雕像。只有当苍蝇飞过，落在他脸上的时候，他才会快速地一捉，把苍蝇握在手心里，然后咯咯一笑，又将抓到的苍蝇放掉，这样无聊的游戏他竟然乐此不疲。

……

这些呆呆傻傻的小孩就像坏掉的、只知道执行一个命令的机器人一样，孤单地玩着没人能懂的游戏，周而复始，循环往复。

这些小孩住在奇奇怪家小区旁边的大院子里，也不知从什么时候开始，中午时分只要阳光灿烂，他们就会从紧闭的楼房中出来，跑到院子的篱笆围栏中做着各种各样的怪异的动作。

有一次，奇奇怪看到一个小孩在那儿跳机器舞，跳着跳着突然瘫倒在地上，眼睛翻白、口吐白沫，他这才明白，那个小孩不是在跳舞，而是在抽搐。这时，一个穿着白大褂、戴着眼镜的中年大叔从楼房内跑出来，他扶起小孩的头，朝小孩的"人中"掐下去，然后才安心地抱着小孩回屋。

奇奇怪对这群小孩好奇极了，这与他之前见过的孩子都不一样，与学校里的同学更不一样。他们目光呆滞、表情诡异、动作古怪，时而显得滑稽幼稚，时而又疯狂野蛮。

奇奇怪在篱笆的这边，他们在篱笆的那边，有时奇奇怪好奇地打量着他们，他们也会或好奇或痴傻地回看着奇奇怪。

奇奇怪见一个小孩动作迟缓，行走如丧尸一般，便跟着他学。他走，奇奇怪也走；他停，奇奇怪也停。

还有一个小孩像个小老头，弓腰驼背的，脑门上全是皱纹。奇奇怪觉得有趣，也跟着学，背弓得像只虾子，一弹一跳地走着。

篱笆里的孩子都痴痴傻傻地笑着，奇奇怪更是乐不可支。

奇奇怪有点儿好奇这群家伙会不会模仿自己。于是，他从地上拾起一块石头，假装咬了一口，便把这块石头扔进了篱笆。

石头落在篱笆里的草地上，一个孩子扑上去，抢了就咬，"嘎嘣"一声，那孩子牙齿疼得嘴都歪了。另一个孩子冲过去，跟着抢了又咬，又是"嘎嘣"一声，牙龈硌出了血。更多的孩子，依次捡起那块石头，模仿着奇奇怪的动作，像多米诺骨牌一样，一个接一个。

看着这个场面，奇奇怪觉得自己的恶作剧取得了前所未有的成功，他笑得直打跌，肚子都笑疼了。

那些孩子似乎不懂自己被恶搞了，还学着奇奇怪"咯咯咯"地怪笑着。

奇奇怪突然意识到了什么，他的欢笑戛然而止。他想到自己被班里的同学欺负，他们也是这样笑自己的。这时，一股悲凉从他心底升起，这样的恶作剧顿时让他觉得索然无味，他冲着那群傻孩子叫道："别咬，别咬，那是石头！"

孩子们不懂他在叫唤什么，也学着他哇哇叫，胡乱叫了一通后，继续啃那块石头。

很快，石头变得让人触目惊心，上面全是牙印和血迹。

"奇奇怪！你在干什么？"身后传来一个想发怒又克制的声音。

奇奇怪回头一看，是爸爸。一向温和的爸爸，这时目光严厉、表情严肃，甚至近乎于苛责。

奇奇怪羞愧地低下头，其实他已经意识到自己的错误了。

爸爸说："跟我回家去，要记住，以后不许再戏弄这些孩子了。"

说完，爸爸没有再责怪他，可奇奇怪觉得脸上滚烫滚烫的，耳朵根都在发烧。一种说不清道不明的羞耻感，揪扯着他的心。

那天晚上，奇奇怪问妈妈："妈妈，篱笆院里那群孩子是什么人啊？他们为什么一个个呆呆傻傻的呢？"

妈妈说："他们啊，是慢飞天使，听说是些无家可归的孩子。他们小时候得了病，有些是大脑残疾，有些是小脑偏瘫，所以时常会出现运动障碍、肌肉张力异常、姿势反射异常。有些小孩有癫痫，还有些智力低下，语言障碍，视觉、听觉不好。他们学东西比一般的小孩慢，所以我们叫他们'慢飞天使'。你呀，千万不可以再戏弄他们、取笑他们了。他们都是些可怜的孩子，没有爸爸妈妈。"

奇奇怪又好奇地问："那慢飞天使的爸爸妈妈去哪里了呢？怎么不来照顾他们？"

妈妈黯然道："不知道，也许他们有自己的苦衷吧。但不管怎么说，丢掉孩子是他们的不对。"

奇奇怪又问："为什么要丢掉他们呢？"

妈妈叹息一声，说："也许是嫌他们笨，不好养活，也许是别的原因。总之，他们那么可怜，需要得到更多的关爱和照料，你明白了吗？"

奇奇怪心里一阵愧疚，想起白天的事情，禁不住汗颜。他扑到妈妈的怀里，眼泪都快要流出来了。

2

第二天，奇奇怪带了自己最喜欢吃的面包，还有漫画书、玩具变形金刚，去篱笆边上找那些慢飞天使。他现在对那些孩子充盈着同情，流淌着愧疚。

奇奇怪把面包塞过去了，把漫画书递过去了，但有点儿舍不得变形金刚，他把变形金刚拿在手里正犹豫时，却被慢飞天使抢走了。

孩子们撕开面包，砸来砸去；把漫画书放进嘴里嚼；把变形金刚扯来扯去，肢解成各种零件。

奇奇怪急得大叫："你们干什么？这是用来吃的！不不不，那是最好看的漫画，是看的，不能吃，不能吃！我的天哪！我的擎天柱，不能砸，不能砸……"

看着慢飞天使糟蹋自己最宝贵的东西，奇奇怪气得直顿足，肺都快要炸了。他后悔到了极点，扯着嗓子骂道："你们这些傻孩子，你们不能这样，把东西还给我，还给我！"

那群慢飞天使，哪会知道他在嚷嚷什么，都傻乎乎的，也跟着瞎叫唤。

就在这时，一个穿白大褂戴眼镜的中年大叔快步走来，三步并作两步来到篱笆边上。见到奇奇怪，中年男人露出愤怒的表情，目光里似乎烧着一团火，又似乎能发出两道激光，刺穿奇奇怪。

奇奇怪不知道这人为什么这么凶，这么痛恨自己，他吓得怔怔呆住，形如雕塑。

中年大叔恶狠狠地骂道："臭小子，又是你！整天来捣乱，逗这些可怜的小孩。你是哪个学校的？你爸爸妈妈是谁？"

这一下问得奇奇怪哑口无言，委屈得说不出话来。隔了良久，耳旁嗡嗡的怒斥结束后，他才小声地争辩道："不是的，叔叔，我是想给他们好玩的……"

大叔骂道："你走吧，你天天趁我不在欺负他们，还想骗我！拿走你的臭东西！"

说完，他就将奇奇怪的漫画书和玩具从小孩们手中抢过，往篱笆外扔了出来。

奇奇怪将地上的玩具碎片拼接起来，鼻子酸溜溜的。他满腹的冤屈，一肚子的苦水，不知道往哪儿倒，只觉得眼前模模糊糊、蒙蒙眬眬的。他意识到眼泪要跑出来了，忙强行憋住，对自己说："绝不能哭，绝不能哭，绝不能哭！"

突然间，一个大脚板出现在视线中，将地上的半个变形金刚死死踩住。

奇奇怪抬头一看，一张又肥又大的肉脸，两颗像蛇眼一样的小眼珠，高大肥胖的身体，像个小山包一样立在他跟前。

李大胖！奇奇怪班上的小霸王！他的身后还站着两个跟班，瘦猴子侯跃，野疯子吴静锋。

李大胖一挥手，两个跟班就冲上来，抢拾地上的破碎玩具和被咬坏了的漫画书。

奇奇怪连忙阻止道："喂喂喂，你们干什么呢？干吗抢我的东西？"

李大胖哈哈一笑，说："凭什么说它们是你的？这不是被扔在地上的吗？你能捡，我们为什么不能捡？哼！别跟他废话了！"

他一挥手，身后的两个跟班继续抢漫画书和玩具。

奇奇怪喝道："这是我的，这是我的，只是掉在地上了而已。"他从李大胖脚下去抢自己的变形金刚，但它被踩得死死的，犹如生了根。

李大胖轻蔑一笑，撇嘴道："你凭什么说它们是你的？哼，我还说是我的呢！"

奇奇怪恼羞成怒，一个头槌顶向李大胖的小腹，李大胖虽然强壮，也禁不住脚下一滑，退了半步。

李大胖的肚子被顶疼了，又羞又怒，双手对着奇奇怪的双肩一搡，奇奇怪跌倒在地。

李大胖吼道："把擎天柱给我抢回来！"

侯跃和吴静锋冲过来，拉扯奇奇怪，奇奇怪翻身死死抱着擎天柱，李大胖气喘吁吁。侯跃和吴静锋也实在没招了，只能一拳拳对着奇奇怪的后背打去，迫使他放弃怀中之物。

奇奇怪的背上一阵阵生疼，他咬紧牙关，死不放手。

忽然，奇奇怪听到了一阵杂乱无章的声音，后背也感觉不到疼痛了。他回头一瞧，只见四周围着好多小孩，他们有的瘸着腿，有的流着口水，有的翻着白眼。

啊！是慢飞天使，他们来干什么？奇奇怪心里疑惑着。只见慢飞天使痴痴呆呆、木木愣愣地向李大胖和两个跟班围了过去，有的用双手去掐他们，有的在他们身边抽搐，有的对着他们咯咯傻笑……

这情景不知有多可怕，李大胖大声叫嚷着，脸色发白，恐惧至极，一溜烟就跑开了，两个跟班更是吓得连滚带爬，转身就跑。

"原来慢飞天使是来救我的。"奇奇怪的心里涌起一股前所未有的感动。他抱着擎天柱站了起来，看着慢飞天使那憨厚的微笑，心里觉得好甜。他有点儿控制不住自己的眼泪，不停地说着："谢谢，谢谢！"

一个粗暴的声音喝道："干什么？快回来，快回来，别跟这个坏孩子在一起！"

慢飞天使慢慢地走开了，那个穿白大褂的眼镜男在旁边骂骂咧咧，对奇奇怪说："讨厌的家伙，你快离开这儿！"

奇奇怪看到那些孩子从篱笆边上一个被奋力掰开的洞钻了回去。

"被篱笆的枝丫刮到一定很疼吧？"奇奇怪心里一阵酸楚，很是过意不去。

是的，是他们救了他，救了擎天柱。奇奇怪将地上的漫画书和玩具碎片拾起来，也不那么难过了，他决定明天带更好的东西来看慢飞天使，不管他们咬也好，扭也好，他都不会舍不得，只要他们开心就好。

3

翌日中午，阳光灿烂之时，慢飞天使们又出来了。

奇奇怪的背包里，装着他认为是世界上最好玩、最好吃、最珍贵的东西。他开心地向慢飞天使们走去。

没想到半路上，远远就瞧见李大胖带着两个跟班站在那儿，手里似乎握着什么。

奇奇怪赶快冲到近处，只见李大胖冲着篱笆内的那群慢飞天使骂道："你们这些大笨蛋，昨天竟敢吓我。哼！现在就让你们尝尝我李大胖的厉害！"说着，他握着手中的石头，就往里面砸了过去。

"嘭！"

一个人挡在了李大胖前面，石头砸中了他的额头。

奇奇怪怒吼道："李大胖！你在干什么？"

李大胖道："我要让这些笨小孩尝尝我的厉害，昨天他们竟敢围攻我！"

奇奇怪不知哪里来的勇气，继续怒吼道："你敢动他们一下，小心我让你尝尝我的厉害！"

李大胖一愣，盯着奇奇怪的脸，忽然叫道："啊！要死了，要死了！"

奇奇怪感到眼前一片湿润，一抹红色遮盖了他的视线。他毫无畏惧地向李大胖逼近了几步。

李大胖怪叫几声，带着两个跟班，飞快地跑开了。

奇奇怪觉得脑袋一阵眩晕，他不知道自己的额头上早已爬满一道道红色的"蚯蚓"。他慢慢地倒了下去，迷迷糊糊地闭上了眼。

慢飞天使们又把篱笆墙打开，他们围绕在奇奇怪身边，一起伸出双手，将他举了起来。

"奇奇怪，醒醒，醒醒，你听得到我们说话吗？"

"听得到，咦，你们能说话？"

"你不是听到了声音，而是感应到了我们的脑电波。我们的大脑内有微晶管，只要能感应到我们脑电波的人，就是我们要找的人。"

"你们到底是什么人？找我干吗？"

"这里的人叫我们'慢飞天使'，但我们真的是从'天使之星'来的天使，只是为了保护地球，在战斗中失去了飞翔的翅膀，所以退化成了这副模样。没有人知道我们的来历，我们也无法告诉别人。想不到，我们竟能与你沟通。"

"原来是这样，那我能帮你们做些什么吗？"

"我们希望你救救我们。因为我们就快要死了！"

……

奇奇怪愕然坐起。眼前是那个穿白大褂戴着眼镜的中年男人，周围的一切都白得耀眼，还有点冰冷。

奇奇怪觉得额头有点疼，他一摸，上面包扎着一层纱布，似乎受了伤，他想起了李大胖扔出的石头。

再看看周围，他发现这是非常特别的一间房，到处是各种奇形怪状的机器，而自己正坐在一个像床一样的机器上。

奇奇怪想起中年大叔恶狠狠的样子，有点儿害怕地说："我，我不……"

大叔说："孩子，是我错怪你了，我千方百计想找的人竟然是你！"

奇奇怪一愣，问道："找我？找我干吗？"

大叔说："先自我介绍下吧，我是外星科技研究专家胡博士，很高兴认识你，奇奇怪。放轻松，我是不会伤害你的。"

奇奇怪说："您好，胡博士。您是研究外星人的，这世界上真的有外星人吗？"

胡博士说："这个……要是你感兴趣的话，我以后再跟你细说吧。当下，有件紧急的事情需要你帮忙，请跟我来！"

胡博士走出了房门，奇奇怪跟在他的身后。

门外是一条椭圆形的钢铁通道，两边有蓝白的灯光闪烁。

胡博士走进了一间大厅，大厅内，有一面巨大的舷窗，窗外是明亮的星空，四面的墙壁和中间的平台上有着无数的按钮和屏幕，像是许多电脑的组合体。

"这……这是飞船吗？"奇奇怪惊讶道。

胡博士说："不错，你很聪明，竟然能看出来，这就是一艘飞船。告诉你一个秘密，慢飞天使不是普通的孩子，他们都是保卫过地球的'天使战士'，来自遥远的'天使之星'，因为抵抗暗黑界的侵略者，他们不但失去了异能，更退化成了目前这副模样。

"三年前，我发现了他们的秘密，眼看着他们的智力不断地退化，肌肉一天天地萎缩。所以，我辞去了研究所的工作，带他们隐居在这篱笆院内，希望能找到延缓他们死亡的方法。这几年我做了很多实验，但都无济于事。

"最近，我发现他们的大脑退化得十分厉害，思维也越来越模糊，近乎处于混沌的状态。我知道他们坚持不了多久了。特殊时期只能采用特殊办法，我终于想到一个方法：找到一个能与慢飞天使沟通的脑电波，再用这个人的神经元将慢飞天使的神经元激活并修复，这样他们就能恢复正常，返回家园了。

科学小笔记

神经元

　　神经元是一种高度分化的细胞，是神经系统的基本结构和功能单位之一，它具有感受刺激和传导兴奋的功能，是高等动物神经系统的结构单位和功能单位。神经元是脑部重要的组成成分，如果某些神经元出现不好的症状，就会引起脑部疾病，如果神经元有损伤，想要修复是很难的，所以平时生活中人们一定要注意。

“一直以来实验都没成功，因为没有人可以感应到他们的脑电波。直到昨天，他们居然自动与你建立了联系，这让我大为吃惊！”

奇奇怪似乎有点儿反应不过来："昨天慢飞天使跟我说了几句话，说让我救救他们。哦，还说他们快要死了。大叔，快救救慢飞天使吧。"

胡博士说："是的，他们已经退化到一定阶段，命不久矣。如果明天他们还无法恢复智力，启动飞船回去的话，他们将永远这样痴痴傻傻下去，直至躯体死亡。现在，只有你能救他们！用你的脑力激活他们的思维，修复他们的神经元，他们就可以恢复，真正活下去。"

奇奇怪兴奋地说："既然找到办法了，胡博士，你还在犹豫什么呢？"

胡博士黯然地说："孩子，我必须告诉你。这个实验有一定的风险，你虽然可以救慢飞天使，但是你也有可能变成慢飞天使。"

什么？变成痴傻的样子？那实在是太可怕了！奇奇怪简直不敢相信胡博士的话，他原本还以为自己能成为一个小英雄，一个拯救外星慢飞天使的宇宙英雄呢，可是……当想到自己有可能变得与他们一样，奇奇怪就打起了退堂鼓。

奇奇怪与慢飞天使

91

4

晚上，奇奇怪问妈妈："妈妈，如果我也变得呆呆傻傻的，你还会要我吗？"

妈妈说："傻孩子，无论你变成什么样子，妈妈都不会抛弃你，因为我永远爱你！"

奇奇怪问道："妈妈，什么是爱啊？"

妈妈想了想说："爱就是甘心付出，又别无所求！"

其实，奇奇怪的妈妈完全不知道奇奇怪要干什么，如果她知道的话，一定不会允许他这样做。

奇奇怪躺在妈妈的身边，沉默地思考着：慢飞天使是为了保护地球才变成现在这样的，他们爱护人类，而现在人类也应该爱护慢飞天使才对。如果我不去帮助他们，他们就永远都是这副痴傻的样子，还可能死掉，那不是太可怜了吗？

虽然奇奇怪不明白死亡的意义，但他知道那是一件可怕的事情。所以，他决定帮助这些慢飞天使，让他们变回超凡的外星天使。

第二天，奇奇怪毅然决然地走进了胡博士的实验室，他告诉胡博士自己愿意帮助慢飞天使。胡博士摸了摸他的头，没说什么就带着奇奇怪到了脑电波发射场。

胡博士把脑电波发射头盔套在奇奇怪的头上，按下按钮后头盔里面的晶片开始运作，脑神经元产生特殊磁场，晶片断电，磁场消失，脑神经元内产生脉冲，脉冲促使神经元产生能量，从而激活相邻的神经元。

一遍又一遍重复着这个过程，强大的脑电波发射机压榨着奇奇怪脑内的磁场能，不断地输送脉冲，将慢飞天使们大脑中残缺的无法感应的神经元一一激活并修复。

同时，他们还能通过脑电波彼此沟通，心灵感应。

"奇奇怪，谢谢你！"

"你要坚持住，忍住痛！"

"你听过我们星球的歌吗？我唱歌给你听好不好？"

"你不要害怕，我们与你同在。"

这是慢飞天使们对奇奇怪的鼓励。

"奇怪，为什么只有他有这种能力？为什么这个人不是我？"看着奇奇怪痛苦的样子，胡博士心如刀绞。

那一排排睡在"脑舱"内的慢飞天使，忽然之间全部睁开了眼睛，他们的眼睛在放光，他们的身体在重新生长。他们瞬间耳聪目明，后背长出了雪白的天使之翼。

他们腾空而起！

他们光芒万丈！

他们不再是残缺不全的孩子，而是拥有了超级能量的外星战士！

他们将昏迷的奇奇怪团团围住，一滴滴眼泪宛如珍珠，滴落在奇奇怪的眼皮上。

但奇奇怪只能闭着眼睛，流着口水，痴痴傻傻地笑。

"孩子们，你们该走了！再不走，你们又将退化回去，奇奇怪的努力也就白费了！"胡博士催促道。

慢飞天使们挨个亲吻了奇奇怪的额头，便进入了自己的飞船。

胡博士目送他们的飞船腾空而起，化作流星，划破时空，消失在天际。

他抱着奇奇怪，心中充满歉疚、感动，还有敬重，是的，是对一个孩子的敬重。

奇奇怪口吐白沫，手脚不停地抽搐。

这个孩子的脑细胞受到了巨大的损害，胡博士发誓将用毕生的心血，帮他恢复，因为这个小孩是世界上最伟大的英雄，他拯救了那些保卫过地球的天使，可他自己……想到这里，胡博士也情不自禁地潸然泪下。

5

三个小时后，奇奇怪醒过来了，他苍白的脸上荡漾着微笑，眼睛清澈透亮，精光闪闪。他问道："慢飞天使怎么样了？"

胡博士惊问道："你……你……竟然没事？"

奇奇怪拍拍脑袋说："我没事，只是头有点儿昏昏的。胡博士，快告诉我慢飞天使怎么样了！"

胡博士愕然道："慢飞天使已经全部恢复了，正在回家的路上。"

奇奇怪说："太好了。只是我再也看不到他们了。"

胡博士说："你的脑子明明被损伤了，难道是我检测错了？这到底是怎么回事啊？快，我要重新检测下！"

他给奇奇怪进行脑力检测，发现奇奇怪受损的大脑竟完全恢复了正常，不但如此，检测结果显示，奇奇怪的大脑智力还在进一步提升，将来他的脑域开发有可能超过20%。这样的话，他岂不是变成超级天才了？

胡博士惊讶万分。忽然，实验室的机器传来一阵什么声音："宇宙爱人，便创造了天使，天使同样以爱守护着人类，如果天使惨遭折翼，那人类该用什么来回报他们的爱呢？"

胡博士喃喃道："难道是情感？拥有无私、悲悯、奉献，而又能给予他们幸福的情感，才能够与他们进行沟通，所以……"他的脑海里闪过一道光，"啊！最重要的不是脑电波，而是情感，利用情感才能彼此联系。原来，他们是因为这样才建立了联系，才能沟通。"

其实，在奇奇怪帮助慢飞天使修复的时候，慢飞天使也牺牲了部分神经元，来帮助奇奇怪修复。获得重生的天使战士，有的视力没有以前好了，有的没有以前跑得快了，有的说话结巴了，不过没关系，他们依然很开心。

所以，临走前，慢飞天使的泪水和吻是在告别，更是在祝福。有一个慢飞天使还对着奇奇怪的耳朵小声说道："记住，宇宙会一直保护善良而温暖的你。"

胡博士还在思考：这……这到底是一种什么样的情感呢？

是什么呢？莫非这就是被称作"爱"的东西？

幻想照进现实

爱是什么？爱是付出，是一种无私奉献的情感。文中的慢飞天使原本因为缺乏爱，走到了死亡的边缘。但是他们遇到奇奇怪之后，被奇奇怪给予他们的无私的爱给治愈了。反过来，帮助了慢飞天使的奇奇怪收获了更多。

本文通过一个由苦到甜的科幻故事告诉我们一个深刻的道理——爱能温暖一颗受伤的心，也能治愈一些奇怪的病。因为有了爱，奇迹或许就离我们不远了。

文明的奇迹

核武器在飞碟外部绽放着一团团硕大的蘑菇云，闪动着的棕色烟尘一簇簇地波动、散开，就像一朵朵艳丽的玫瑰。

1

"地球上的文明，经过了千百万年的发展，终于展现出了伟大迷人的奇迹，这，就是我所需要的！"地球毁灭那天，穿梭于各个星球的使者——外星人夜夜庄严地对全人类说，"亲爱的地球人，你们通过了考核，安全了，我们不会吞噬地球，你们可以继续发展你们的文明，为整个宇宙做出应有的贡献，这是给你们颁发的文明星球证书！"

我代表全人类双手颤抖着接过这块"免罪金牌"。我高举双手，自豪地扬了扬这滚烫的证书，然后对各外星球的代表恭敬地深深鞠躬。我泪流满面，感恩地说着"谢谢"。

代表们望着地球上美丽的文明鼓起掌来，掌声雷鸣，鲜花飘起，飞碟内温暖如春。

当我把头转向飞碟舷窗外时，被震撼了，甚至不敢流泪，外面是一个无比灿烂的文明之夜——起伏翻腾的蘑菇云海，蓬勃绽放的红色岩浆，摧枯拉朽的冲击波，海啸掀起无边的巨浪，翻江倒海的超级地震，城市正被粉碎，成千上万的人类在灾难中逃亡。这天，本应该是人类最快乐的节日……

我知道，为了保护我们的地球，各国元首刚才都忙不迭地按下了核弹发射按钮。

对星际文明来说，这才是地球上最伟大的文明！

我慢慢想起了十年前的那个夏日午后，我和夜夜第一次见面时的情景。

2

那时，我在家里的沙发上昏昏欲睡地看着一部无聊的肥皂剧，忽然"刺啦"一声，我听到电视机里出现一个奇怪的声音："你好，朋友，这是哪儿？有生物吗？"

刚开始，我以为是电视剧里的人物说的话，后来才发现不是！因为电视里慢慢出现了一个三角形的脑袋，脑袋上有一张模糊不清的脸，而且脑袋的形状在不断地变化，一会儿呈正方形，一会儿变成平行四边形……脑袋上还有几个亮点，一闪一闪的。

我顿时意识到，这可能是来自外星世界的信息！目前，全世界都在以一种狂热的姿态迎接外星人。我们等了那么久，为他们准备了庞大的欢迎仪式，还举行了种种欢迎派对，可是他们一直都没有现身。

我声音颤抖着问道："你好！你是谁？"

它说："夜夜！"

我一愣："爷爷？"

它笑道："你要这么认为我也没办法。"

它的脑袋变幻出无数的方程式，从基本的几何理论，到最高深的量子物理，宛如一部科教片。与此同时，它还轻松地哼着歌。

我紧张的情绪也在它轻松的谈话下，像失去弹力的橡皮筋那样放松了。

"你是怎么找到这里来的？"我问道。

它回答说："你是用脑电波和我们联系的第一位科学专家，所以我们直接与你联系！"

我几乎不敢相信他的话，现在世界上有无数个宇宙信息发射器，在宇宙空间里搜寻着其他生命存在的证据，都没有收到任何消息，但我在自家楼上瞎鼓捣出来的玩意儿会管用？

它接着说："我是外星文明考察团的成员，再过不久，就要考察你们地球了，请做好准备。我马上就到，请你到接收处等我。我先过来，其他成员很快就到！"

话音落下，电视屏幕一阵模糊，和那些科幻片里的俗套场景一模一样。但我对它所说的话并无怀疑，激动的情绪像藤蔓一般在我心中生长，发展成汹涌澎湃的贲张。

我匆匆跑到楼上。在那里，放置着我与外星人亲密接触的唯一装置。

无数个干净的淡白色的装置连成一串，像一颗一颗被穿在一起的珍珠，在营养液里悠然漂浮，它们的表面散发着智慧的圣光，刺得我眼睛生疼，头脑发蒙。

在哪里？在哪里？

我从未想过这个简陋的装置真的能与全世界最强大的信息发射器相比，能将人类的信息发射到遥远的宇宙中心。原以为我的这个装置除了进行思维冥想，基本上没有可能与太空中的生物进行接触，没想到误打误撞，在对宇宙进行冥想的时候，我的思维竟然被它们接收到了，所以它们来了。

我看见夜夜从营养液里的一个装置中爬了出来，就像一只蝉虫爬出了自己的蝉蜕。它的身体划过营养液，站在水面，渐渐露出了淡薄的身体轮廓，仿佛是用柔软的玻璃液捏出来的小人儿，不规则的身体缓缓变化着，最后出现了一个与我相同的体型。

我看见它脸上有几个点在移动，最后成了眼睛、鼻子和嘴巴，像是有人随意用墨水笔点在图画上的人脸。它朝我伸出了一只手，说："我扫描过你了，我凝聚了一些水分子，与你们同一体型！我来自银河系巴拉克空间，我们共有一万三千个文明星球会员，希望你们地球也能成为我们的会员。"

说着，它递给我一张水做的名片，上面有闪烁的光点组合成的中文字：宇宙文明发展协会秘书长。

我把我的名片也给了它，这是世界上第一张递给外星文明的名片。

"孟焕村卫生所唯一副所长（注：本所没有所长）"，它点点头，我的名片化为液态分子，流入了它的体内。

我惊讶地问道："这……这你是怎么办到的？你能改变物质的结构？"

它说："对啊！就像你能把胶泥捏成不同形状一样，我也可以将物质捏成不同的结构。"

我叹为观止，便和它聊了起来。我们聊了一个多小时，双方都有相见恨晚的感觉。

呃，或许只是我有这种感觉，它对我幼稚的问题算是敷衍了事。我对它高深莫测的回答，感到心惊肉跳。

不过，它也有傻乎乎的时候，会问我们生活中的种种细节，例如怎么上厕所，怎么使用马桶。我暗觉好笑，但一一做了回应。

礼尚往来，我也问了它们生活的细节。它说它们没有时间生活，一直在忙着寻找文明世界。

最后，夜夜说："帮我通知所有地球人，就说宇宙文明发展协会即将来地球考察投票，希望他们做好准备。"

说完它转身欲走，我忙叫住它说："你先别走，我带你去见见我们这儿的领导，否则我说的话他们不会相信的，他们会认为这只不过是我的妄想。"

夜夜想了想，同意了。

3

我带着夜夜这个水云般变幻的外星人开始逐级上报。

在短短三天的上报过程中，我和夜夜的出现引起了无与伦比的轰动，知名度呈几何等级攀升，在媒体林立的社会上，我仅仅用了72小时，就成了世界上最著名的人！各国元首争先恐后地接见我和夜夜。

经过对各种数据的检测，没有人认为夜夜这个外星人是冒牌货。有恐怖组织想要绑架夜夜，但均以失败告终。我们俩现在的待遇比世界各国的总统都高。况且，即使没有保镖，凭夜夜出神入化的超能力，也没有人能伤到它一根毫毛。我们绝对安全。

在面向世界各国记者首次召开的"外星人有话说"新闻发布会上，各国记者将会议大厅挤得水泄不通。我们和夜夜坐在前面，两边是各国翻译。我们身后是一排荷枪实弹的保镖。

记者们开始提问：

请问夜夜先生，你来自哪个星球？

你来地球的目的是什么？

你们会不会入侵地球？

你们为什么首先和普通人类接触？

你们有多少人？

你对地球的第一印象怎么样？

夜夜使用各国记者的语言，直接回答了问题：

我来自银河系中心的宇宙文明发展协会。

我来地球的目的是发展会员。

明天，宇宙文明发展协会的大批评委都会到来，我们来这里不是为了入侵地球，而是为了考察地球上的文明。

我们和普通人类接触是因为我们一直接收不到你们的信号，最近才恰好捕捉到这位先生的思维。

我们大概会来一万名评委。

我对地球的第一印象很好。

世界沸腾了！人们为自己不是宇宙中的唯一生命而欢欣鼓舞。世界也恐慌了！人们为自己不是宇宙中的唯一生命而胆战心惊。

夜夜笑了，它觉得人类很有意思。

但夜夜这一笑，不同的人就会有不同的理解了。有的国家为外星人的到来举行了盛大的欢迎仪式，有的国家则暗中布防，做好了抵御袭击的准备。

4

第二天，宇宙文明发展协会的大批评委准时到来，它们也是从我放在培养液的装置中钻出来的，而且都选择了地球上物体的形态，有的像一棵树，有的如一株草，有的化成了狗的形态，有的变成了猪的样子，还有变成手机、电脑的……

我家成了世界上最有名的旅游胜地。我所在的小镇房价飙升。短短数天，整个小镇就成了一座军事基地、一座科学实验基地，层层叠叠的堡垒瞬间建起。我连回家都没法轻松自如。

夜夜和一万名外星评委在水蓝色的帽状飞碟上，当着地球上一百多位国家元首的面考察了地球上的文明。

人类将地球上最伟大的文明奇迹毫无保留地展现了出来：埃及金字塔、宙斯神像、罗德港巨人雕像、摩索拉斯陵墓、阿耳忒弥斯神庙、巴比伦空中花园、万里长城……

这些都是人类文明的骄傲，是人类智慧的结晶，是无与伦比的艺术品。

当天晚上，夜夜和评委们讨论了一夜。我和总统们在飞碟外恭敬等候着。

讨论完毕，夜夜叫我进去。

我一进去，所有外星人都用冒火的眼光看着我。

我问："怎么样？地球有机会入选吗？"

夜夜摇着头对我说："不行，所有评委一致决定，必须毁灭地球。"

"什么？"我不敢相信自己的耳朵，大惊失色道。

夜夜又说了一遍。

我上气不接下气地问道："为什么？这是为什么啊？"

夜夜指着在高空中旋转的七大文明奇迹的克隆微缩模型，说："我们不但是在三维空间里考察这些文明，还在四维空间里考察，我们绝对不能容许这种野蛮、原始、落后、残忍的文明存在于银河系！"他的语气极为严重。

"什么？这些可是人类文明的结晶，你们为什么要如此玷污它们？"

夜夜说："你看，你们的文明难道就是这样的吗？"

它调整着文明奇迹的四维刻度，七大文明逐一重现：

古埃及的金字塔，几十万奴隶在铁血高压之下困苦不堪地搬石运土；他们羸弱的身躯在烈日下艰难前行；他们一个个倒下了，皮鞭却还在他们的身上肆虐。金字塔建成时，死亡的人数高达数十万。只有法老一个人在笑，几十万人的血泪仅仅换来他得意的一笑。

宙斯神像、罗德港巨人雕像、摩索拉斯陵墓、阿耳忒弥斯神庙、巴比伦空中花园，同样是征服者的残暴与奴隶的血汗混着枯骨建成的。

"难道你们的文明就是这样建成的吗？"夜夜厉声喝问道，"这些野蛮残忍的行径，是建立文明的基础吗？你们没有资格这么做！你们没有剥夺同类生命的权力！"

我默然低下头，灰溜溜地走出飞碟，像一只老鼠。

当我把消息告诉各国元首的时候，他们都震惊了！他们伤心不已，早知如此，就不选择这所谓的"七大奇迹"来展示我们地球上的文明了。

"好，既然它们要毁灭我们，我们只能率先发起攻击了！"有元首愤怒地说。

"对，我们不能任人宰割！"

"可是我们不是它们的对手，你们也看到了它们的能力，物质与能量在它们身上可以任意转换。"

"不管了！现在，我们就必须动手！"

"用核武器对付它们！"

各国总统返回自己的国家，立即展开了对外星飞碟的攻击。

核武器在飞碟外部绽放着一团团硕大的蘑菇云，闪动着的棕色烟尘一簇簇地波动、散开，就像一朵朵艳丽的玫瑰。

外星人全然不觉，飞碟丝毫无损。我很清楚，核武器攻击对它们来说，就像是给大象搔痒一样。

5

"好美啊！"夜夜说。

外星人喝着地球人进贡的美酒，凝望着窗外的蘑菇云，大为赞叹。

"那是什么？"夜夜问我。

我感到地球还有一丝希望，于是答道："那是核武器！"

"啊！这么伟大华丽的艺术品，你们怎么不早拿出来呢？"夜夜说，"能将爆炸艺术控制得如此美妙绝伦，真是文明的奇迹啊！你们是怎么造出来的？你们为什么要造这个东西？"

"嗯……"我犹豫道，"我们是为了迎接你们的到来，才造出这巨大的礼花的，我们这里只要过节，就会释放礼花和爆竹，各国总统都在欢迎你们呢！"

"是吗？"夜夜说，"我测试一下。"

它很快测试出地球上有多少核武器，它说："既然如此，我们就把这些礼物一同接纳了吧，告诉你们地球上的当权者，一同释放这些美丽的烟花，我要将它们装载到四维全息摄像机内，带回去给家乡的人民欣赏。我们万万没想到，在宇宙的深处，还有你们这样富有创意的文明使者，你们的核弹真是艺术的杰作！为什么你们今天非要让我们看世界七大奇迹呢？那些垃圾文明，怎么能与核弹爆炸艺术相比？"

我无言以对。

我意识到，这是唯一能拯救地球的方案。我把方案告诉了各国元首。众人凝神思考，无法给出结论。

"没办法了，为了拯救地球，我们只能引爆核弹，这样，我们还有可能生存。"有元首咬牙切齿道。

"对！"其他元首也只能同意。

夜夜交给我一张名单，上面记载了各国核弹安放的位置和引爆时间，它要我们照此操作，以方便它拍摄出美丽的画面。

我们只能照做。

地球上的核弹爆起了精彩绝伦的烟火，山崩地裂，万物变色……人类强颜欢笑，痛苦挣扎，毕竟是核弹拯救了地球，人类似乎要为核弹的发明而欢呼。

当我和各国元首戴着防护装置，走到七大奇迹的废墟上的时候，我们禁不住激动地落泪。

我们加入了宇宙文明发展协会，从此受到文明协会的保护，每年外星人过节，我们都要引爆核弹庆祝。

我的连体大脑思维发射器还在，我在临死前，用它发出了最后一次脑思维信息。

很快，我就收到了回复的信息。

这是一个警告：

各个星系间的文明体，现在警告你们，宇宙神经病研究中心，不久前跑出了一万名精神病患者，自称宇宙文明发展协会到处考察星球文明，它们自己制定方针政策，任意选择星球加入，而加入其中的星球，都将患严重的精神类疾病。为了防止传染，请有消息者与本宇宙安全中心联系，本宇宙安全中心才是真正的……

我没有再听下去。

我写下了这篇文章，请大家永远记住我的教训！

幻想照进现实

从古至今，人类对外星生命一直充满好奇，科学家们也孜孜不倦地在外太空寻找外星生命存在的证据。那么，倘若真的有外星生命存在，它们还与我们取得了联系，我们人类该以什么样的姿态与它们打交道呢？

本文给我们提供了一种可能，只不过文中的"我"对外星人的盲目崇拜，最终将地球推向了毁灭的边缘，使得人类付出了惨痛的代价，值得我们警醒。

不死鸟人

天哪！真没想到，鸟人们在我身上，就像令我拥有了超级异能，给予了我宇宙神功似的，我忽然觉得自己是那么神勇无敌！

1

事情发生在上周六早晨，我百无聊赖地拿着弹弓去树林里打鸟的时候。说是打鸟，其实是打"人"，那些鸟人，老是在林子里晃来晃去，惹我生气，因此成了我的目标。

真没想到，我居然会打下来一架飞碟！就因为无意间拯救了地球，害得我考试差点儿没及格，被老师和爸爸骂，真是得不偿失啊！

我家后山是一片树林，里面的树木又大又密，每天都有许多人去那找鸡枞菌，采黄袍果，捡拾木柴，我和几个小伙伴最喜欢提着弹弓去树林里打鸟。

那里的确有各种各样的小鸟飞来飞去，灰色的麻雀、绿色的鹦鹉、红色的鸡冠鸟……不过，我和小伙伴年纪小，打弹弓气力不够，拉不太开，用的又是泥巴弹，鸟基本上是打不着的。无奈之际，我们才选择打那些鸟人的，因为鸟人是一打一个准，没有谁逃得过我们的弹弓。

这些鸟人往往是在吃东西或者爬坡的时候，遭到我们的突袭。对它们来说，我们这群孩子行动敏捷迅速，来无影去无踪。因为我们一旦得手，就会立马一哄而散，只留下茫然恐惧的它们。即使被它们发现，我们也会赶快跑掉，为了不被认出来，我们甚至在头上和身上插了树叶来伪装。

没想到，那天地球上正在进行一场神圣而庄严的外星建交活动。活动的位置就在我们这片森林里，建交一方是来自呜里哇啦星的高贵的使者，另外一方就是地球上的一群小麻雀。

呜里哇啦星首席大使对着小麻雀深深鞠躬，自我介绍之后，说："希望地球上最具智慧的生命，能和我们建立平等和谐的友谊，让我们的友谊绵延千年万年。"

小麻雀的回答是："叽叽喳喳，叽叽喳喳喳！"

大使拿出翻译器翻译后，连连点头，一个劲儿地说："好，好，没问题！"它伸出手，想要和小麻雀来个身体接触的最高仪式。

没想到小麻雀一口就将大使吞掉了，还打了个嗝。

呜里哇啦星的使者团惊呆了，没想到地球生命这么没礼貌，它们穿越了几百亿光年的虫洞来到这里，正好端端地交谈着，就被一口吞掉了，这还了得啊！

呜里哇啦星的将军认定此次攻击并非意外，而是蓄意挑衅，决定向地球生物发起攻击，毁灭整个地球。

它们拿最先进的武器对准地球，即将发射中子弹，中子弹比原子弹、氢弹更为厉害，辐射效应更大、穿透力更强，但冲击波、光辐射、热辐射和放射性污染比其他核武器小一些。

这些情况都是我后来才了解到的，当时，我和小伙伴们在林间蹿来蹿去，就看到一只麻雀从高空掉下来，落在了我的脚下，它的嘴巴被什么撑开了。

我觉得奇怪，就抓起那只小麻雀，只见一个半透明、小拇指大的人，正从它嘴里往外钻。

在我惊得嘴巴张得能吞下一颗大鸡蛋时，高空中一个物体一闪，在我跟前盘旋而下。我不管三七二十一，提起弹弓就把那东西打了下来。

我的天哪！原来那是一个小小的银盘，上面还有碉堡状的东西，如同饭桌上的一盘八宝饭。我最喜欢吃八宝饭了，但是为什么这盒"八宝饭"会飞呢？

直到从八宝饭里钻出了一些小拇指大的小人，我才明白，我接触到的是什么。

对，它们一定是外星人！太好了，对外星人的到来，我期待已久，但没想到它们是这个样子的。不过平时热衷于看科幻小说的我，知道天外世界中，外星人不一定都和我们一个样子。它们可能巨大无比，也可能小得像一颗原子；它们可能是气态的，可能是液态的，也可能是固态的……

我把那只鸟嘴里的小人拿出来，放到"八宝饭"上，它和那些"八宝饭"上的小人都欢呼雀跃起来，口里发出了鸟叫声。

我问它们："你们是从哪个星球来的？"

它们长得一模一样，像是半透明的蜗牛组成的小人，我分不清谁是谁。但其中一个比较胖的家伙，走到了我的前面。不一会儿，我就听到了它的声音，虽然很小，但还是听得清楚，说的是中文，不再是叽叽喳喳的鸟叫了。

它惊讶地问道："啊？难道你们才是这里最智慧的生命？"

我说："是啊！我们是人类，你们呢？"

"天哪！原来这是巨人星球，而不是尖嘴羽毛星球！"一些透明的小人叫起来了。

"啊！竟然是这个样子！那就非常危险了，我命令发射中子弹，干掉这个星球的巨人，由我们来统治这个星球。"一个有大拇指那么大的透明小人从"八宝饭"里钻出来说。

我怒道："你是谁啊？怎么随便就想侵略我们的星球呢？"

那个小人说："我是这次远征军的统帅，哔哔哔！"

我用一根手指头，往它身上按了下去，它像块橡皮泥一样，瘫软了下去。我吓了一跳："这么脆弱，没骨头吗？"

被按扁的哔哔哔一下子又跳了起来，说："怎么可能！我们呜里哇啦星人有钢铁之躯，能够在绝对零度下生活，也能在岩浆中洗澡，你这轻轻一按，怎么可能把我们怎么样？"

我不大相信地问道："你们真的这么厉害？"

哔哔哔说："那当然啦！"

旁边那个从鸟嘴里钻出来的瘦弱透明小人过来说："既然见到了这个星球的统治者，那我们还是正常建交吧！"

我问："你是？"

那个透明小人说："我是呜里哇啦星的大使咔鲁巴！"

我也搞不清楚这外星人什么来历，心里想着是不是要报警，但它们是外星人，报警又有什么用？

我便说："我是这个星球的老大奇奇怪，你们有什么事情，找我就好！"

咔鲁巴对我深深鞠躬，伸出手说："尊敬的奇奇怪陛下，我们的星球由于内部星体坍塌，即将凝聚为黑洞，我们之所以远征到这里，是想找到适合生活的星球，与碳基生物和平生存。我们并不是为了战争而来，请你放心，我们绝对不会使用

科学小笔记

绝对零度

绝对零度是热力学的最低温度，是仅存于理论的下限值，等于摄氏温标零下273.15度。在绝对零度下，原子和分子拥有量子理论允许的最小能量。

核武器摧毁你们的星球的。"

我点点头，说："好，我们先回家去吧！在我家举行建交仪式。"

建交仪式在我家的饭桌上举行，爸爸妈妈都不在，我就用盖子将"八宝饭"飞碟给盖住了。

伴随着庄严的音乐，我代表地球，和它们一一握手，然后我倒了一盆滚烫的热水，它们都乐呵呵地洗了一个澡，还觉得水不够热，最好是一千摄氏度以上。

我又将它们放进冰箱，它们认为那又不够冷。我用锤子砸它们，它们扁了，又跳起来。我用刀子剁它们，它们褶皱了，又立起来，一点儿事都没有。

看来，它们真的是钢铁之躯啊，烤不煳、冻不僵、砸不死、砍不断，恐怕连子弹都射不穿，那只是给它们挠痒痒。

我真担忧它们这样的外星人，如果入侵地球，地球人能否抵挡。我笑嘻嘻地问它们："你们怎么这么厉害？难道什么都摧毁不了你们吗？"

哗哗哗大笑道："那当然啦！我们的身体是由特殊晶体结构组成的，原子与原子之间的间隙极小，所以我们的强度和硬度，是你们无法想象的，比你们这里强度最高的石墨烯还要厉害很多倍。"

我心中一惊，却又听咔鲁巴说："尊敬的奇奇怪陛下，我们虽然是由硅基材料构成的，但必须依附在碳基生命上，才能活下去。"

在我大惊之时，它们全部扑到我身上来了，那种情形，就好像我一张口，一碗八宝饭全部飞进了我的口中。

我有一种全身穿着无敌战甲的感觉，它们躲在我的身上，钻入我的皮肤细胞间隙，自由惬意地生活。

2

周一，我带着这群鸟人去上学，这天可算是我人生中最辉煌的一天！

怎么说呢？除了在学校上课时被老师骂了几句，其他一切都顺风顺水。

刚到学校，我就遇到了"校园小霸王"苏霸天，我也不知道自己哪里得罪过他，他看到我总是会对我拳脚相向。这天，他一拳打到我身上，竟把自己的手给打脱臼了。

放学后，我还遇到两个抢劫路人的街头混混。换作平时，我肯定会绕路走，不管这种事儿，但这天我也不知道怎么回事，直接上去把两个混混给撂倒了！

天哪！真没想到，鸟人们在我身上，就像令我拥有了超级异能，给予了我宇宙神功似的，我忽然觉得自己是那么神勇无敌！

这真是我最快乐的一天，也是我最惶恐的一天。我想象自己将要成为万众瞩目的超级英雄，又想到肯定有无数的科研机构，将要拿我去做科学实验，我能逃过这一劫吗？

等我回到家，鸟人们就都从我身上下来，钻回了它们的"八宝饭"飞碟里。

看着它们一个个战战兢兢，哆哆嗦嗦，东倒西歪，痛苦不已的样子，我问道："你们怎么了？是病了吗？"

咔鲁巴苦兮兮地说："地球人太厉害了！真的太厉害了！我们实在支撑不住了，再这样下去，过不了两天，我们就要全军覆没了！"

我惊讶地问道："啊？这是怎么回事啊？发生了什么？"

咔鲁巴说："你难道一点儿感觉都没有吗？你也太厉害了！这样你都不怕？你的数学老师批评你'真是个笨脑子'，你的语文老师批评你'怎么这么差劲儿'，你的英语老师批评你'舌头是生锈了吗'……"

我"哦"了一声，说："那又怎么了？"

咔鲁巴惊愕地道："这你都没事？你居然没事？哇，你太强了！我们……我们感受到了暗能量的存在，如果我们再感应到这样的负面能量，很快就会病死的。"

我心想：不就是被老师骂几句吗？那怎么了？只要厚着脸皮，硬着头皮，假装听不到，不就没事了吗？

119

不死鸟人

我情不自禁地乐呵起来：太好了，老师骂我实在是骂得好啊！我总算找到对付这些可怕的拥有不死之身的外星人的方法了！

我让这些鸟人继续附着在我的身上，晚上吃饭时，我把今天测验的卷子拿出来，递给爸爸和妈妈看，爸爸妈妈气得当场发射连珠炮似的痛斥了我一顿，上天入地下海，把我贬得完全不像是他们亲生的孩子，哀其不幸，怒其不争。

等他们骂得气喘吁吁、大汗淋漓时，我高兴地跳起来，对爸爸妈妈恭敬地说道："这回肯定成功了，谢谢爸爸妈妈。"

说完，我转身就跑了。

我能想象到爸爸妈妈在我身后惊呆的样子。

当鸟人们再次从我身上下来时，已经奄奄一息、气若游丝了。它们恳求我说："奇奇怪陛下，求求你快点毁了我们吧！

科学小笔记

暗能量

暗能量是一种不可见的、能推动宇宙运动的能量，宇宙中所有的恒星和行星的运动皆是由暗能量与万有引力来推动的。宇宙学中，暗能量是某些人的猜想，在物理宇宙学中，暗能量是一种能量形式。暗能量的发现是宇宙学研究的一个里程碑式的重大成果。

我们再也不想听到那些骂你、伤你自尊的话了，那真的比死还难受得多！"

本来，我准备像古代的帝王那样，来个罪己诏，大骂自己一番，给它们最后一击，但看到它们在飞碟里扭来扭去，痛苦不堪的样子，我的心软了下来。

3

翌日早晨，晨光熹微的时候，我把鸟人们带到了后山的树林里，对它们说："你们一个选一只鸟，和它们融合，一起生活吧。在那里，你们会得到自由，不会再遭到辱骂，也不会病死，去吧，去吧！"

天上飞下来无数只五颜六色的鸟儿，它们像啄食八宝饭那样，将鸟人吞进了肚子里。

但很快，我就看到那些鸟人从鸟儿们的头上钻了出来，骑在鸟儿背上，就像骑着自己的坐骑一般，高高兴兴地飞向了远方。

唉，我不知道自己这样做到底是对还是错，是给人类埋下了祸根，还是做了一件善事。

后来，据说又有新的外星人入侵地球，但是它们遇到了地球上的守护者——那些将各种鸟儿当坐骑，刀枪不入、不惧射线和激光的鸟人！这些连核弹都难伤其分毫的战士将新来的外星人全部吓跑了。

一天上课时，窗外有鸟儿飞过。

我望着它们，痴痴地发着呆，老师发现之后，又把我叫起来狠狠地训了一顿。

忽然，我感到自己的心非常疼，那厚得起壳的脸皮也变薄、变柔软了。

我泪流满面，好想向窗外的那群鸟儿飞奔而去。

幻想照进现实

你相信世界上存在"硅基"生命吗？你认为宇宙中存在不怕极寒，能耐高温，而且刀枪不入的外星人吗？

我们知道，人类对火星、金星这些类地行星一直都在不断地进行探索，人们希望在这些星球上找到外星生命存在的证据。然而，结果一直令人失望，目前人类还没有找到任何外星生命存在的证据。可是，这并不意味着就没有外星生命存在。宇宙如此之大，或许在某颗遥远的星球上，就存在本文中提到的那种不死生命呢！

狗　船

等我再次醒来时，似乎听到爸妈和村民们在叫我的名字。我努力地从木板上撑起身子，想要回应他们的呼唤。可是，我发现自己怎么也发不出声音。

1

有一条小小的狗船，它很听话，游泳也很厉害。

它是我的，我的狗，我的船，我的狗船。

每天早晨，它都摇晃着四条划桨的狗足，转动着螺旋桨的尾巴，借着风帆之耳，来到我家的渔船边，轻轻敲打着我的门房，好像在对我说："奇奇怪，出海了，出海了，去打鱼咯！"

我便一个鲤鱼打挺，从床上跳起来，我家的船屋都会因此晃晃荡荡。这时外面就会传来妈妈的斥骂和爸爸的叫唤。

我与狗船一起，向着大海深处前行，去乘风破浪，去打鱼，打上一大箩筐。

它灵敏的耳朵，听得懂我的话；它灵活的身躯，也随我的心意行动，我叫它往东，它绝不敢往西。当然，有时候它会往上，还会往下，这大约是它热衷于与水亲密接触的缘故。

它是一条有点儿像狗的船，能潜水，就像潜艇一样；能跃空，在山一般高的浪尖上飞扬。它是那么听话，那么乖巧，除了形态，它和原来相比根本没有任何变化。

　　是的，它是狗船，我的狗船。是世界上唯一的，只属于我一个人的狗船。

　　这是我最大的秘密，除了我，没人知道。

　　因为，它原本就是一条狗，是我的狗，是我八岁时爸爸送给我的礼物。

　　我给这条狗取了一个很好辨认的名字，就叫"狗"。

　　狗陪伴了我三年，我们相处得很好，每天看到我回家，它都蹦蹦跳跳地过来，和我挨挨蹭蹭，亲热得不得了。

　　它还挺懂事，遇到我讨厌的客人，就冲着他恶狠狠地吼叫；遇到我喜欢的人，就冲他嗅嗅闻闻，把脑袋放在他的手上，接受他的抚摸。我生气的时候，它总是挨我骂，也从不回嘴，只是用眼神告诉我，冷静；我高兴的时候，它比我还欢腾，汪汪吠叫，为我欢呼。

　　它还会摸鱼，会捉虾，会抓螃蟹……我们一起合作，打了很多海鲜。就连我的狗刨也是跟着它学会的。我曾教它蝶泳，它怎么都学不会，还呛了不少水，我就指着它笑。

　　但三年后，它死了。死于风暴，死于大海，死于我的手中。是我害死了它！

2

我永远也忘不了那个傍晚，爸爸妈妈因为我的学习成绩大吵了一架，最后两个人还不分青红皂白地把我数落了一通。我愤怒地冲出了家门，本来是想找隔壁的小伙伴敦子倾诉一下的，不料敦子也不理会我。我生气极了，便偷偷地开着我家的船出海了。唯有在大海上，在冰冷的海水里，我才能冷静，才能把全身的怒气散发出去。

当时，陪着我的只有狗。它绕在我的脚边，默默地陪着我，支持我，鼓励我。昏暗的夜色下，狗用一双闪亮的眼睛盯着我，仿佛在说："一次没考好不要紧，咱们争取下次考个好成绩。开心就好，做人最重要的是开心啦！"

我的心情渐渐地平复了。然而，当我想要驾船返航时，风暴来临了！狂风暴雨打出了惊天动地的掌力，将海面打出了一个又一个漩涡，打出了一堵又一堵三十米高的水墙，将我们的小渔船打得悬空360度转体斜后空翻又端正落下。

紧接着，水底突然劈出一把浪刀，将小船劈成了两半。

我们在漆黑的大海中翻滚，眼前只有一颗颗激射的子弹雨，以及一道道如蛇一般疾行的白浪。

我吓坏了，在冰冷的海水中浮浮沉沉，最后拼命抱着一块木板不撒手。狗则一直拼命地跟着我，见我抱着木板，它也紧紧地抓住了木板。

波涛汹涌的大海里，我和狗抱着木板喊着救命。最后，我的身体越来越冷，我的声音也越来越嘶哑……

3

等我再次醒来时，似乎听到爸妈和村民们在叫我的名字。我努力地从木板上撑起身子，想要回应他们的呼唤。可是，我发现自己怎么也发不出声音。

狗"噌"地从我身边蹿了出去，一边狗刨前行，一边狂乱吠叫。我撑着最后的力气跟着它，仿佛找到了生的方向，找到了活下去的希望之光。

狗的鼻子比我的灵敏，在看不清楚光亮的世界里，它用鼻子带着我找到了爸爸妈妈的救援船。

等爸爸妈妈将精疲力竭的我救上船，狗却消失在了海面上，消失在风雨中。

爸爸妈妈说他们找了很久都没有找到狗，狗那时已经沉入了大海中，而更强烈的风暴即将来临，爸爸妈妈和村民们不能再来回巡查，只好带着我返航。

我晕倒的那一刻，分明听到了风雨中，声嘶力竭的狗叫声，如果我当时能够起来指给大家方向，再缓一缓的话……

可惜没有如果。

狗
船

狗为了救我，自己迷失在大海中，死在了大海上。

最令我伤心的是，我们明明可以救它，为什么没有一个人返航去救呢？最令我自责的是，我们要走的时候，我清清楚楚地听到了它的呼唤呀！为什么那时候我要昏过去呢？

后来爸爸妈妈说我当时只是出现了幻听，也告诉我不要难过，许诺再买一只狗给我。但我拒绝了，因为我知道买来的狗再好，也不是我的狗。

从此，我变得沉默寡言，成了世界上最不快乐的小孩。

我每天都在海边，遥望大海，期盼它归来。我还时常听到它离开我时的呼唤。奇怪的是，这呼唤不是绝望的呼唤，而是一种温软、快乐的呼唤，仿佛在与我亲切地告别。

理智上，我知道它不会回来了。但感情上，我固执地相信它一定会回来。

4

狗回来的那天，黑漆漆的海面上劈出了一道耀眼的光。那时，我一如往日，站在海边望着大海。光闪过的那一瞬间，我看到海面上出现了一艘古老的破船，船上空荡荡的，破旧的帆布条正随风飘荡。

一阵诡异的哭笑声过后，我仿佛看到一条小狗向我跑了过来。是它回来了吗？我心里有一种异常激动的感觉。

那艘船靠岸后，从船上走下来一个像是科学家的人。他说：
"你好，奇奇怪。我是凯明博士，是亚特兰蒂斯的人。"

"亚特兰蒂斯？那……那不是早就不存在了吗？"奇奇怪害怕道，"你……你是幽灵？"

奇奇怪听村里的老人们说过许多关于幽灵船的故事，此刻他觉得自己一定是遇到幽灵船了，吓得浑身直发抖。

"听着，你别害怕，我不是幽灵。亚特兰蒂斯并未消亡，我们只是换了一种形态生活在海底罢了。当年为了躲避小行星的撞击，我们的祖先让整个亚特兰蒂斯没入了海底。从此，我们就一直生活在了海底。几百个世纪以来，我们很少出现在地面上，但我们在海上完全可以来去自如，我们可以变幻出许多形态，有时候是一场风暴，有时候是一条鲸鱼，有时候就是一艘船，就像这条船一样。"凯明博士说着，指了指破船里的那条崭新的小船。

"什么？你说的是什么意思啊？"

他继续说道："实在抱歉，前不久我在做科学实验时，不小心打翻了气旋瓶，击穿了空间结构，引发了海平面上的气压骤变，造成了一场海上风暴，导致了一只陆地哺乳动物的死亡。因此，我扫描了它大脑停顿前的意识体，并进行了复刻。遗憾的是，我这里没有与它同样形态头脑空白的生物，所以，只能在意识体的粒子未以波态散失前，将它的意识转移在一艘刚制造出来的小船上。"

狗船

129

听到这里，我知道他说的一定是狗，它真的回来了！难怪我会感应到它的气息！

再仔细看那艘破船，我看到船上有狗的影子，朦朦胧胧的，有着半透明的身形。

其实，凯明博士说的许多科学术语我完全听不懂，他的用词与我们人类也不大相同。但他的意思我还是大体明白了——他将狗的灵魂和记忆输送到了这艘能够承载意识体的小船上，还借着它找到了我，并将它还给了我。这就是狗船。

5

自从我得到狗船后，爸爸妈妈一再质问我这艘小渔船是从哪里来的。我说了真话，他们还以为我脑子糊涂了。我说是我捡来的，他们见多少天都无人来认领，而且这船能自行游动，想必是受电脑控制的，也就没再管我。

狗船除了形态与原先不一样，其他方面还是和过去一模一样。它有灵敏的嗅觉，游泳划桨使用的方式也是狗刨，整天对着我挨挨擦擦，即便我已经到了它的头上，它也最喜欢我抚摸它头顶的甲板。

我都不用动手，只要叫它起程去哪儿，它就自行去哪儿，就像过去我抛一个飞盘出去，它就会跑去将飞盘叼回来一样。

我又变成了世界上最快乐的小孩。

但是两年后，我感觉狗船越来越不快乐，喂给它骨头，它都不想吃了。平时，它会将骨头吞进前舱的原子炉内，咬得粉碎，化为前进的能量。现在它也不再活泼，连游泳都懒洋洋的，更别说要去打鱼了。它是生了什么病吗？

又一次风暴来临的时候，我带着狗船，冲向风暴中心，希望找到那艘古老的破船，找凯明博士问个明白。

没想到真让我找到了他！他告诉我，这是因为狗发现了自己身体不对劲儿，它的意识是一条狗，但身体始终不是一条狗，无法做出狗的动作，无法感受到应有的外在刺激。尽管这艘生物船能承载它的意识，但当它意识到自己并非一条狗的时候，就抑郁了。

"它的意识很快就会离散，那时候可以说它就真的死掉了。"凯明博士说。

"那应该怎么救它呢？我该怎么办？"我问。

"让它死！"凯明博士冷冷地说，"你要亲自用情感的手术刀将它杀死！将它的意识剥离出狗船的躯体。这样，它的意识就会找到一条新的、大脑空白的小狗，也就是那些刚出生的小狗。当它寄居在新的小狗的脑微管里，意识体的量子纠缠再次启动时，它就能获得重生。也许有一天，你还会见到它，它尽管失去了大部分记忆，但还会认识你。"

情感是我们之间最美好的联系，也是最残忍的手术刀。我举着这把刀，割向了我最喜欢的狗船。

我不再理会它，不再陪它玩，总是呵斥它，咒骂它，我还用棍子敲打它的身体（船壳），我用石头砸它的眼睛（船灯），我用腿踢它的耳朵（桅杆）……

终于有一天，它怀着深深的恨意驶向了风暴的中心。

尽管我知道，只有这样才能令它重新好好地活下去，但我还是伤心欲绝，捶胸顿足。

后来，我再也没有见过它。

我时常到卖狗的市场找寻新生的它，但没有一只狗认出过我，我只能想象它出生在了别的地方。

六十年后，当我走进机器宠物中心时，一条机器小狗跑到我的脚边，挨挨擦擦，亲热得不得了，它用嘴拉扯着我的裤子，跑到阳台上，瞭望着那片海。

海面上，一艘古老的破船若隐若现。

幻想照进现实

传说中，亚特兰蒂斯拥有高度文明，据说它在公元前一万年被史前大洪水毁灭。那么，它的文明到底发展到什么程度了呢？本文中所说的亚特兰蒂斯人拥有可以变幻成任何形态的能力，你觉得有这个可能吗？

化 敌

远远看来，它们和人类形态一样，靠近看时，才会发觉组成它们的躯体的是一些细小的虫体，蠕动不休，上下爬行。

1

短短三个月，地球联军就大幅溃败。面对模拟虫军队的入侵，我们的战士着实抵挡不住，只能节节败退，溃不成军。

"完了，完了，这回完蛋了，它们又进化了，又进化了，我们永远打不赢这样可怕的对手！"地球联军的前锋——第七军军长史蒂夫气急败坏地冲进来，垂头丧气地拍着桌子。

前所未有的挫败感，弥漫着整个总司令办公室。

地球联军的星际大元帅李斯坦仍然正襟危坐在司令战地椅上，须发皆白的面孔上，一双发红发亮的眼睛，像炙热的火炭一般，盯着这十几个地球联军将军耷拉的脑袋。他咬着牙齿，冷冷地喝道："不，将军们，我们绝不能让出我们的任何一块地盘，就算是死，也要坚守我们的阵地。'明日之星'是我们最后的据点，绝不能放弃！否则，整个阿卡姆星系就会尽归敌人所有。"

史蒂夫将军年轻、热血、英勇、冲动，别的将军都不敢搭话，他却敢直视着大厅中央这个威严的老头大声道："元帅，您难道看不出来，以我们人类目前的实力，根本无法和这些进化快速的侵略者相比吗？短短三个月，它们的科技水平就从原始时代，发展到了可以与我们媲美的境界，而且在不断超越我们。现在，它们就连核动力战神机甲都模拟出来了，还比我们的更加先进，杀伤力更大！我们的战士一个个倒下，再也守不住这颗星球了，撤退吧！"

李元帅大怒："不能撤，撤什么撤？我们要尽快研究出它们是如何进化的，是怎么模拟我们的。为什么模拟我们的昆虫，反而能超过我们？山寨货比正品还牛，这真是奇了怪了！"

史蒂夫将军着急道："您难道没有看到战地视频记录和报告吗？这些家伙，不知是从哪儿冒出来的，学习了我们的一举一动，一言一行，我们，我们……"他说得有点儿急，结结巴巴的，索性将手表上的记录器拿下来，往空中一抛。

记录器悬浮在半空，投影出了3D画面，是战场中的视频报告和场面。

其他的将军都摇头叹息，有的不忍再看，有的闭目含泪，有的咬牙切齿，有的垂首默然。

再看一遍，又有什么用？全是人类战争史上悲惨的一幕幕，在人类征服了众多的星系和殖民星的战斗中，这一次的战况是最惨烈的。

明日之星原本是属于人类的家园，却不知从哪里冒出了一些如同蚂蚁的颗粒状小昆虫，竟然联合起来，组成了一个由虫子凝聚的人体战士。它们同样有四肢，有头颅，外形看着与人类一样，但打散后，就是一些细小的昆虫颗粒，爬来爬去，不成系统。

奇怪的是，它们最初像一盘散沙，散落后重新集结，新生的模拟人体战士具有更强大的战斗力和修复力。

远远看来，它们和人类形态一样，靠近看时，才会发觉组成它们的躯体的是一些细小的虫体，蠕动不休，上下爬行。它们大概是使用了类似蜂群和纳米聚合体的方式，组成这样一个个拟态虫人战士。

战争最初，它们只会制造和使用石头、木块之类，很快就

科学小笔记

拟态

一种生物模拟另一种生物或环境中的其他物体从而获得好处的现象叫拟态。拟态是动物在自然界长期演化中形成的特殊行为。拟态包括三方：模仿者、被模仿者和受骗者。这个受骗者可为捕食者或猎物，甚或同种中的异性。

被我军打得节节败退。但没过几天，它们卷土重来时，凝聚的拟态虫人战士居然穿着几千年前人类战斗的那种盔甲，还骑着拟态的马匹，提着长矛剑戟，向着我们一队队手握脉冲激光射线枪械的人类军队砍杀过来。

其结果可想而知，只能是一个个被洞穿胸口，射断马头，身首异处。

然而，当它们再次进化之后，就变得更加强悍了，它们已经模拟出了机枪、坦克和大炮，外表也装扮成士兵的样子。

当然，我军对此毫不在意，防御能量盾开启，激光射线横扫千军，再利用辐射熔化弹将它们从分子层面粉碎。可是这一次，它们的攻势比冷兵器时代的强很多，我们居然有了不少伤亡，击溃它们的时间也由一小时变为两天。

我们想一举将它们消灭，可是它们如此细小，如此微弱，一旦散化，就不见踪影。

我们为了防止它们采用碎片化的方式进攻，设置了层层防御带，可惜它们并不会悄悄地潜入，每次进攻都是和人类军队一样，模拟出几十万的大军，一举进攻，又全盘崩溃。

可惜，没过多久，它们仿佛已经学会了人类的战争科技，再次模拟出人类的现代战士，身穿动力铠甲，手持脉冲激光射线枪。与人类对战时，其作用和效果完全相当。

这回人类再难抵挡，反遭溃退。这是人类第一次被它们击败，它们却并没有乘胜追击，也许它们同样伤亡惨重，需要回去休养生息。

这时，幸好人类调动了战神机甲，庞大的机械巨人挥舞着蓝色的熔化射线刀剑，将它们的拟态虫人动力铠甲战士杀得一个不剩。

于是，最恐怖的事情发生了。

三天之后，它们也模拟出了战神机甲，比我们的更先进，更庞大，更灵活！而且，那些熔化射线刀剑产生了扩展式的效果，一剑斩下，剑光暴涨，剑影化作几十米长，熔化射线就这样把我们战士的血肉之躯都熔化了。

看着一幕幕记录着敌人进化战斗，由弱变强，而人类则止步不前，由胜转败的影像，大厅里所有的将军都摇头叹息，愁眉苦脸。

李斯坦大元帅冷酷地说："趁着它们还没乘胜追击，赶快回去搞清楚它们的模拟机制和进化原因，要令它们停止进化，而且，必须尽快发明出能够完全将它们毁灭的办法！我们的时间已经不多了，而我，你们知道的，是永远不会退缩的，这里，是我们的家园。"

史蒂夫还想再说，大元帅已经一挥手，退入他的卧室。整个大厅里坐着的将军，有的以立体影像的方式消失，有的则实实在在地走出大门。原来，这本就是一场真人到场与虚拟影像在线到场皆可的会议，远在外地的将军们只能以3D形式参会。但大部分能来的，还是都来了。

2

史蒂夫吞咽着苦涩的口水，回到自己的飞行军车上，返回前锋军军营。

满山的太空舱营帐整齐排列着，令他想起小时候在坟山上看到过的漫山遍野的坟茔。

他叹息着进了营帐，却忽听外面有人吵吵嚷嚷："让我去见将军，我有重要的事情禀报……"

接着，士兵的呵斥声传来："滚回去！你懂什么？别来打扰将军，将军有很重要的事情……"

那人尖叫起来："史蒂夫将军，我能帮你打赢这场战争，我知道怎么消灭那些模拟虫！我知道的！给我一个机会，我已经知道它们是怎么回事了，请给我一个机会……"

史蒂夫皱起眉头，出了营帐舱门，只见外面站着一个穿着白大褂，戴着厚厚眼镜的小个子中年男人，两名卫兵正一人按着他的一只胳膊，并将他提得双脚离地，悬空踢蹬。他的眼镜歪斜地挂在鼻子上，快要掉下来了，口里唾液横飞地大叫大嚷。

卫兵见史蒂夫出来了，忙将那人按在地上，对着史蒂夫敬礼。

史蒂夫问道："怎么回事？这人是……科学家？"

一名卫兵说："不，不是，这人只是负责清扫垃圾机器人的工人，今天穿着一件科学家的白大褂，不知道要干什么，我们怕他对您不利，就……"

史蒂夫点点头，示意卫兵不用再说下去了，然后转身欲走。

中年男人忙道："将军，请听我说完，给我一次机会，我虽然不是科学家，但是酷爱科幻，我一直都在负责这场战斗的尸体清理工作，跟着我的团队机器伙伴们干了不少活。我发现了一个秘密。相信我，我能够帮你打赢这场战争！我之所以不穿蓝领服，而改成穿着白大褂就是想引起你的注意。你一定得相信我！"他用最快的语速一口气说完了。

史蒂夫心想现在也无计可施，科学家、生物学家都毫无办法，这个清洁工能有什么办法？不过聊胜于无吧，先听听再说，便道："你叫什么名字？"

中年男子说："我叫曹奈，我是很有想象力的科学爱好者，我……"

史蒂夫说："进来说吧！"

进了屋子，史蒂夫给了曹奈一杯水。曹奈感激涕零地坐在沙发上，将事情一股脑地说了出来。

"我发现它们其实是一个巨大的集群组织，所有的战士，所有的军队，所有的武器，其实都是一个整体，所以它们不会灭亡，因为它们真正拥有智慧的首脑只有一个，就像蜂群或者蚁群一样，必须击溃这个首脑，它们才会真正死亡，不再复制。"

史蒂夫说："这已经是老生常谈了，军队早就研究出了这一点，不但如此，它们的首脑可以任意改变，原来的首脑死了，又会产生新的首脑。所以，除非将所有的模拟虫杀死，否则，哪怕只剩余一只，它同样是有思想的。"

曹奈说："可是将军，你忘了它们是在不断学习和进化的吗？开始，它们就像野蛮的动物一样，乱打乱杀，后来，就像原始人一样，用冷兵器作战。它们的智慧发展到一定阶段，才会和我们人类一样战斗，并拥有一样的装备。而且，它们的集群智慧正不断地翻新、超越，进化到更加文明的境地。刚开始时，它们残忍无比，不留活口。到现在，它们还会抓获俘虏，将他们缴械，再将没了武器的俘虏安然送回。这些，都代表着它们的文明正在升级、进化……"

科学小笔记

冷兵器

冷兵器是指不带炸药或其他燃烧物，在战斗中直接杀伤敌人，保护自己的近战武器装备。常见的冷兵器有矛、弓、盾、斧、刀、戟、鞭、叉等。

史蒂夫撇嘴道："那你说这些，又有何用？"

曹奈喝了口水说："最重要的一点还没说到。其实，它们，只不过是猴子。"

史蒂夫一愣："猴子？"

曹奈说："猴子摘帽的故事，想必你也听说过，它们就和猴子一样，只不过是在模仿人类。现在，若想要它们停止进攻，保持我们的战斗力，我们必须开展文明运动、和平运动，那就是……"

说着曹奈从怀中掏出一样东西，放在了史蒂夫面前。

史蒂夫还以为他想突然袭击，连枪都掏出来了，哪想到是一本书——老子的《道德经》。

这是玩的哪一出？

史蒂夫将枪收了起来。

曹奈尴尬地说："其实，我对科学和国学都挺有研究的，你知道，我们中国的国学，可是引领了几千年的思潮啊，这些模拟虫根本无知无识，要让它们放弃战争，就要教会它们道德，只要让它们认识到，战争是最不道德的行为，或许还有机会。我们与它们和解吧！"

他接着说了下去。

史蒂夫恍然大悟，又惊又喜道："很好，这是个好办法！"

3

第二天，大战再次开始了。

人类的军队与模拟虫军团在广阔的灰土岩石战场上，再次相遇。

但这一回，人类的军队没有再拿着枪械和武装机甲，而是从怀中掏出一本本书籍，有的是《道德经》，有的是《论语》，有的是《孟子》……

为了展示效果，还有人手捧竹简古书，摇头晃脑，念着之乎者也，更有甚者，有人拿的是"五讲四美""德智体美劳""生命是一种奉献""文明物种"之类的心灵鸡汤。

这一战况，登时将模拟虫军团给镇住了。

模拟虫无法探知人类的思维，只能从人类的外在行为来进行模拟，它们抢夺了人类手里的书籍，迅速撤退。

两天之后，模拟虫军团的虫人上门来求和。

它向先锋史蒂夫将军表明了来意，又模拟人类的声音说道："我们之所以和你们战斗，导致双方伤亡惨重，是因为你们来到这里，占有了这里的矿产和资源，而这些东西是我们一直赖以生存的物资，我们不得不击退你们。但如今，我们的精神境界已经达到了更高的水平，我们终于明白，给生命以尊重，和平共享，才是正道。你们想必也是为了生存，才来这里寻找矿产的。那么，作为这个星球的主人，我们欢迎你们的到来，我们一起分享这个星球吧！"

它最后引用了《道德经》中的名言"兵者，不祥之器，非君子之器，不得已而用之，恬淡为上"作为结束语。

很显然，它们已经进化到了更高的文明境界，逐渐有了人性，也变得通情达理起来。

这一点，令史蒂夫将军深深感动。

人类联军决定与模拟虫军签约，和平共处，不再彼此伤害，共同开发这个星球。

李斯坦大元帅很高兴，封史蒂夫将军为和平签约代表，而曹奈，则成为副代表。

那天，所有的模拟虫都来了，它们凝聚成了密密麻麻的军队，手中都握着一本又一本讲述文明与道德的书籍，整齐地诵读着那些古老而感人的词句。

天地都为之感动了。

签约仪式在礼仪广场上隆重举行，这个曾经的战场变成了和平的礼堂。庄严的音乐声中，史蒂夫将军和模拟虫代表完成了签约仪式，并且将人类的武装机甲、激光枪械、战车利炮付之一炬，代表永不开战，永远和平的意思。

就在这时，史蒂夫将军听到了天籁般的呼啸声。

核辐射熔弹准确地锁定了每一个模拟虫，在它们模拟出武器之前，就遭到了辐射熔化，散碎为一个个碳基分子溶液。

这一回，人类真的是大获全胜！没有一只模拟虫逃出人类的力场网，它们手中没有任何武器，只有一本本书籍。它们只能提着书籍，冲向人类的核弹。其结果可想而知。

史蒂夫将军狂吼一声，驾车冲回总司令营地。

李斯坦元帅正端着酒杯，与其他的将军庆祝胜利。

史蒂夫一枪轰开大门，闯了进去，气急败坏地质问道："这是怎么回事？你怎么能这么干？我们人类怎么可以干出这种背信弃义的事儿？"

李斯坦元帅笑着说："年轻的将军啊，你难道不知道，这才是人类？兵不厌诈，不将它们一举消灭，我们人类岂能高枕无忧？这一次，你真是立了头功啊，先借用书籍提升它们的道德水平，使得它们放下警惕，中了我们的妙计。否则，它们如此原始野蛮，并拥有如此强的模拟武器的能力，我们如何抵挡得了？怎么能顺利征服这颗星球呢？哈哈哈！"

史蒂夫几欲晕厥，他两眼发黑地走出大门，外面火光冲天，书籍和尸体翻飞，如美丽的萤火虫在夜空中飞舞。

当庆功宴结束，所有的将军都离去后，星际大元帅李斯坦才颓然坐倒在元帅椅上。

他的额头上，一滴冷汗凝结悬挂着。一只黑色的甲虫，从汗水中钻了出来。

好一个兵不厌诈！

幻想照进现实

倘若宇宙中真有文中所说的那种生物——具有超强的学习能力，进化速度惊人，任何高级文明对它们的毁灭性打击，只不过是将它们一次次打散、重组，它们随后就能模拟出一个个与其旗鼓相当，甚至更完美的产物，你会不会觉得这样的东西很可怕？

文中，人类想消灭模拟虫军团，但那些看似很小、不堪一击的虫子，有着惊人的模拟重组的能力，在几个回合后，人类就濒临灭绝。然而，当人类好不容易找到教化这种强大敌人的办法，狡猾的人类却不甘心与之为伍，结果可想而知，人类将输得很惨！

时空茧

就在一刹那，我从视频中看到开发区的湖底有一把庞大无比、不断旋转的斧头！

1

当汽车到达开封那古典楼宇组成的标志性大门前时，我感到一种古老而凝重的气息扑面而来。

开封这座历史悠久的城市，有太多太多的故事，太深太深的底蕴。大宋王朝的辉煌在这里展现得淋漓尽致，《清明上河图》《包青天》《杨家将》等，都是中国历史上璀璨的珍宝。大宋王朝的腐朽和堕落也从这里开始——靖康之耻，至今想来还是令人咬牙切齿。真是哀其不幸，怒其不争！

但我无心去想这些，和朋友吵架的难受犹如皮鞭持续不断地鞭答着我的内心。我来这里，就是希望这几天能够好好散散心，忘记这些不开心的事儿。

咔！车子在"小宋城"跟前停下。眼前是巨大的、高达二三十米的充气白兔与月球，它们两两相对。

当我们十位作家走下车，想要去照张相时，空中却飘飘忽忽地落下一个物体。那东西团成一团，落地后又伸展开来，竟是一个身穿黄衬衫、黑西裤的中年男子，他戴着一副厚厚的黑框眼镜。

带我们采风的唐先生介绍说："这位就是传说中的黄先生，这次的活动，就是他组织安排的。"

大伙儿纷纷点头、寒暄。我却在想这人为什么会凌空而降。很快，我发现他的衣服上有威亚的线，线的另一端连在充气白兔和月球上。

黄先生眯着眼睛，笑容可掬，圆圆的脸上有着特别的亲和力。然而不知为什么，我总感觉他身上还散发着一股强大的气场。也许他就是那位传说中的幕后老总？

饭后，我们去参观西湖湾。车子在高低不平的泥路上颠簸

科学小笔记

小宋城

小宋城被誉为"开封人的待客厅""开封市的新名片"，主要经营开封特色小吃及各地风味美食。整个"小宋城"内以木质仿古建筑为主，回廊流水，亭台楼榭及戏台上传出的传统戏曲演唱声，仿佛瞬间把人带回了质朴又轻缓的北宋时期。

前行，偌大的一弯碧湖近在咫尺。在太阳的金辉照耀下，湖水波光粼粼，细碎的金光如群鱼跃动。湖边绿草如茵，有人在钓鱼，有人在野炊，还有人在嬉闹。

黄先生跟我们说，这片地正在开发，将来会成为旅游、居住的胜地，湖边风景独好，还会建起这片区域最大的商场，以及最宜居的小区。

他说得我们一愣一愣的，大家都在感叹："这么大的地方要开发出来，得花多少钱，多少时间啊！"

可我从他笑嘻嘻的面容中看到了不一样的东西——两道惊恐的目光。我顺着那目光，看到一条狗从不远处的丛林里走出来。不！还不止一条！两条，三条，四条……有好多条呢！它们聚集在一起，向这边看了两眼，又转到丛林里去了。

好奇心驱使我走近丛林。我站在那里观察了一会儿，没发现什么异常。于是，我转身打算离开。就在这时，身后的丛林里却发出了一阵窸窸窣窣的声音。我扭头一看，发现身后的草丛中，有好多双眼睛！那是狗的眼睛。我数了一下，一共有十一双。

我心里一惊。我们一行十一个人（十位作家，加上向导唐先生），为什么它们也恰好是十一只呢？

那些狗见我发现了它们，转身摇着尾巴跑了。我眼看它们钻进草丛，又穿出林子，到了前面另一个区域。那里四面围着铁栅栏，当中竖立着无数高压变电设备柱，还有根根尖耸的避雷针。其高处的空间内，电线纵横交错，编织成类似蜘蛛网的形态。

不知为什么，我深感恐惧，赶快抬腿往前走。我眼前一晃，差点儿撞到一个人，是黄先生。

黄先生笑着问我："在这干什么？"

我说："没事，溜达溜达。"

黄先生说："这里靠近发电厂，有些危险，快走吧。"

我问道："这里既然是发电厂，在这开发新建商场和小区，发电厂岂不是会受影响？"

黄先生说："会有办法挪开的。"

他说这句话时，我看到一道蓝色的火花从高空的电线上飞快蹿过，就好像一条飞行的蛇。

我吃了一惊，没再问，便跟着黄先生上了车。

没一会儿，我们来到了售楼处。

黄先生将我们安排在一间巨大的包厢内，要给我们播放开发中心的开发计划与广告。

大家喝着柠檬茶，正襟危坐，灯光暗下来了，前方出现了华丽而炫目的3D效果图，这是未来西湖湾社区的模拟造型，有宏伟的广场、浪漫的海滩、漂亮的别墅……大人小孩，男女老少，和谐相处。

当巨大的钟声敲响时，在场的每个人都颇感震撼，并情不自禁地鼓起掌来。

就在一刹那，我从视频中看到开发区的湖底有一把庞大无比、不断旋转的斧头！

我吃惊地站起来，刚要叫出声，旁边却伸过来一只手紧紧捂住了我的嘴巴。我的惊呼便没有叫出来。

黑暗中，我听见一个声音说："别紧张，既然你看到了，那就证明你很可能就是我要找的人，我们到球场上去。"

"哗啦"一声，灯亮了，影片播放结束。我回头一看，后面根本就没有人。

只见黄先生站在门口，对大家说："我这里有个游戏，大家要不要过来玩玩？"

我们跟着他出了售楼处，爬上一个小坡，看到一片绿色的草坪。那是一块五十平方米左右的天然高尔夫球场。场地四处立着旗杆，下面是球洞，旗杆上写着世界各地城市的字样，中间却有一个旗杆上写的是"开封"。

黄先生说："开封是八朝古都，是世界上唯一的城市中轴线始终没变过的都城，城摞城的遗址，世所罕见。开封还是《清明上河图》的原创地。中华文明就是从这里走向世界的，我们这个高尔夫游戏，叫作'从世界回到开封'，从开封击球到世界各地，又从世界各地击球到开封。"

说着，黄先生让手下取来两根高尔夫球杆和两只球，我在旁边顺手接过一杆。大家围在我们身边，观看我们俩的开球表演。

黄先生对我说："你要明白，现在开封就是世界的中心，甚至是地球的中心，你要把球打到世界各地，又一杆打回来，否则，世界就会坍塌，你明白吗？"

我听这话有点儿玄乎，心中有些疑惑，但还是点点头，看他如何打。他很轻松地两杆进洞，打到了多伦多，又从多伦多打回了开封，并将球递给了我。

我随意一打，球打偏了。我一看黄先生，只见他脸色蜡黄，额头上冒汗，就像是在经历什么千钧一发的时刻。我心中暗笑，随手又是一杆打出，球顺利进洞了。

我倒没觉得什么，黄先生却长吁一口气，擦了擦额头上的冷汗，说："行了，我明白了。你很明白，走吧。"

说实在的，我没听懂他在说些什么。

接着，我们跟着车去了大相国寺，我一副心不在焉的样子，心里总是想着黄先生说的那些莫名其妙的话。

在大相国寺，我们见到了令人叹为观止的千手观音树雕佛像。那是一棵直径十几米的圆木，雕出的数米高的四面千手观音佛像，千百只手没有一只是雷同的，看得我啧啧称奇。

不知不觉，我走进了舍利堂。在那里，我遇到了几个和尚，专门卖手链挂件，价格高得离谱。对此，我没有兴趣，便自行走到了门口。

从舍利堂出来后，我没有见到我的同伴，门口只有鲁智深倒拔垂杨柳的铜像，孤零零地立在那里。

我发现寺庙出口坐着一个矮个子和尚，大概是防着有人浑水摸鱼，闯入门中吧。

我见他眯着眼睛，便径直走到门口看了两眼。我们的人并未出去，我心里觉得很奇怪，他们去了哪里呢？

我正要转回头去，返回八角琉璃殿寻找我的同伴，那矮个和尚竟朝我扑了过来，口中叱咤一声："哪里跑？"

我吓得往后一退，道："你干什么？"

矮个和尚二话不说，一把揪住我的胳膊，将我往门外拽，口中还大声喝道："你是怎么混进来的？出去，出去！"

我说："嗨，你这和尚，我只是来门口看一眼，怎么就算是混进来的？"

矮个和尚说："你的票呢？给我看看。"

我想掏票，却想起来票在接待方那个叫圆圆的小姑娘手里统一拿着呢。

我说："你明明看到我是从里面出来的，怎么说我是混进来的呢？哪有你这样的啊。"

矮个和尚发了力，想拽动我。我看了一眼旁边的鲁智深塑像，便学着它摆了个倒拔垂杨柳的姿势，将矮个和尚倒立了起来。

矮个和尚想必平时没练功，功夫不行，差点儿被我扳倒了。他嘴里哇哇乱叫着，逗得我哈哈大笑。

然而，就在这时，我感到后腰一紧，回头一看，一个瘦高个儿的和尚将我拦腰抱了起来。

我沉下身体，大声斥骂道："我就是不出去，有本事你们抬我出去。"

两个和尚使出浑身解数，我却纹丝不动。他们实在没办法，只好撒手不管了。看得出，他们俩的鼻子都气得冒烟了。

最后，我笑着说道："我可是鲁智深转世，来大闹相国寺了！"

2

我回到千手观音殿，终于找到了大伙儿，唯独不见黄先生。何先生告诉我，黄先生今天下午就没来。

什么？我明明看到他上的车啊，怎么会没来呢？

正在这时，我的手机响了起来。我一看，是个未知来电，正要挂断，手机却自动接通了。我凑耳一听，里面居然是黄先生的声音："悄悄爬到观音里面去。快！我知道了，就是你了，这是天意，你是被选中的人！"

我听得莫名其妙，抬头看着那巨大的四面观音雕像，再看着旁边的游人，心想怎么可能爬到里面去！

　　我审视了一圈周围的环境，看到旁边有一架被黄幔遮挡着的小梯，它旋转而上，直通二楼，若是不仔细看，还真察觉不到。

　　我顺着小梯悄悄爬上去，竟到了横梁之上，再往前走两步，便是四个观音颈背相连的接合部位。下面的人都没注意到我，我便纵身一跳，落到了雕像的头上。

　　我像是踩到了一片沼泽地，往下陷落。

　　紧接着"扑通"一声，我落到了一个类似电影包厢内的座位上，而我对面坐着的正是黄先生。

　　我刚要说话，黄先生却不知怎的，按动了旁边座位上的一个按钮。

　　"呼啦啦"，我们继续沉落，就像乘电梯。我看出周边是硬质玻璃，轻轻摸了摸，竟然是一部透明的电梯。

　　"嗖！"电梯竟斜着往下方滑过。一瞬间，我感觉在下水道中快速穿梭，从地平线往地心内部冲去，四面八方都是黑乎乎的管道内壁，若不是透明电梯中有灯光，此时一定伸手不见五指。

　　电梯就这样运行了大概十分钟。忽然，四周的颜色变了，成了碧绿色，甚至能看到旁边有鱼群在游动。这是在水中吗？还没等坐稳，电梯继续往下。

　　我有点儿紧张，这难道是到了水塘之内？而且，在继续往下，这又是怎么回事？

终于，透明的电梯停了下来。

电梯门打开，黄先生带我走了出来。

我往头上一看，吓得差点儿跌倒在地。这是什么？我简直不敢相信自己的眼睛！难道我在视频里看到的是真实场景？

3

在我的头顶，有一把巨大的斧头，其直径大概三十米，正保持着旋转的状态。

不，准确地说，这并不是一把斧头，而是千百把斧头以柄末为轴心，在每个旋转面上，都产生出重叠的影像。照理来说，这应该就是一把斧头，在不断盘旋的过程中，被人以高速摄像机拍摄下来后，形成的旋转画面。然而，这画面是立体的，就悬停在我的头上。

更离谱的是，通过三维斧头画面之间的缝隙，我能看到上面是一层深绿色的水体，保持着刹那间荡漾的形态，却没有动弹，就像是几十米厚的果冻一般。

再看我们身处的位置，是一个广阔的大厅，周边都是绿色的水体，里面还有鱼群在游动，仿佛我们在透明的水族馆内。

而巨型斧头，就悬在我们的头上！

我感觉有点莫名其妙，又充满深深的恐惧。我意识到，这其中绝对有非同寻常的事情。而这件事情，要么是黄先生弄出来的，要么与他有关。

我保持着冷静，问道："这是哪里？你想怎么样？这到底是怎么回事？"

我一连问了三个问题，黄先生只是笑了笑，摇头道："你知道，我为什么费尽心力要开发这片土地吗？"

我一愣，忽然明了道："我们现在是在西湖湾下面？"

黄先生轻轻点头说："不错，我少年时就发现了这个地方。而且，我对它做了各种各样的研究和测定。我只能将这里保护起来，一直守护着它。否则，一切就完了！"

我有点儿摸不着头脑，问道："你说什么呢？什么意思？这是个什么？为什么会这样？"

黄先生说："你好好看看，它像什么，它又是什么。既然你是写科幻小说的，怎么可能不知道呢？"

我歪歪嘴，舔舔嘴皮子，再仔细看头顶高悬的这把巨斧，又去看那斧头上面托着的水体，以及整个大厅周边的水体，觉得甚是奇怪。难道那些水被某种力场给挡在外面了？

我摇摇头说："这很奇怪啊，这巨大的斧头好像正在旋转，但它运动的痕迹仿佛还在，就像无数照片快速拍摄时的叠影，只不过这个看着像是立体的。"

黄先生说："是啊，照片能把稍纵即逝的场面永远留住，相当于将刹那的时光留在平面上……"

我不由得大吃一惊，道："这么说，这东西是将刹那的实体留在了这里？它甚至把其运动的痕迹裹在了其中？"

黄先生说："就像实时3D打印机一样。不，这里面还包含时间，就是4D打印机，把当时的时间状态也完全封存了。"

"这么说，这就是一个瞬时时空保存的东西？姑且……姑且称之为时间的……时间的……"

黄先生说："我称它为时空茧！"

我惊讶地说道："时空茧？"

黄先生点头说："不错，里面包含的就是那时候的时间，像茧一样，将时间包含在了里面。"

我不解地问道："那时空茧里，为什么包裹着一把旋转的巨型斧头呢？"

黄先生笑道："你好好看看，那是巨型斧头吗？"

我说："是啊！不是斧头是什么？总不会是飞碟吧？"

话一出口，我就看到黄先生颔首微笑。我恍然大悟道："这真的是一艘飞碟？外星人的飞碟？"

黄先生说："我怀疑这不是外星人的飞碟，有可能是时空穿梭者的飞碟。我们之前见到的那些飞碟，百分之九十九都是人类自己发明出来的，只不过是未来的人类发明的。"

我点头说："这个观点听起来很对，人类不断地去探究飞碟、外星人等，终有一天忍不住自己将飞碟造了出来，穿越时空。结果被前人看见，就会产生无数的想象。其实我们看到的，很可能就是我们自己，而恰恰是我们自己引发了我们创造出我们想象的东西。人类就是这样追寻着未知的目标，却不知道，那未知的目标就是我们自己的设定。"

黄先生说："说得不错，宋朝就有人见过飞碟，沈括的《梦溪笔谈》里就有这样的记载，你可以回去翻翻看。"

我问道："这么说，你很小的时候就发现了这个地方？"

黄先生说："是的。在我十二岁那年，我跑到这里来游泳，没想到潜得太深，就被一个下陷的孔洞给吸到了这里。三天之后，我才从这里出去。家人都吓坏了，还以为我被淹死了，打捞了几天都没捞到尸体。他们正哭哭啼啼时，我却自己回去了。此后，我就像变了一个人，原来我学习成绩很差，可是从那次以后，我发觉自己越来越聪明，有很多想法和灵感突

科学小笔记

《梦溪笔谈》飞碟记载

北宋嘉祐年间，扬州出现一只巨"珠"，其形状犹如蚌壳，正是典型的飞碟形状，而且能放出强烈的光芒。它在当地逗留长达十几年，先后停留在三个湖泊中，或许是在搜集地球上的水中生物。而且当地许多居民都见过它。

然就产生了。我考试再也没有遇到过困难，读完大学，我成了一名成功的医生，然后去加拿大搞房地产，搞文化产业。一直到现在，我的人生基本上没有失败过……"

我说："是啊！你是一位亿万富翁，很了不起。"

黄先生黯然道："可是，我总感觉那并非我自己的功劳，而是它……带给我的，一种异于常人的智慧和能力。"

"这怎么可能呢？"我惊讶道。

黄先生说："我已经证实了这一点。这个时空茧已历经了千百年，它散发的能量给这周边产生了非常适宜生活居住的和谐能量波，会让它身边的生命变得更加聪明起来。我研究过，它的生命磁场一直很稳定，但最近它出现了裂缝。这也就意味着危险即将来临。当时，它正因为要坠毁，所以才被驾驶员封存在了这个时空茧内。驾驶员的肉体出不来了（我没有见过，也不知道它是什么样子，是不是和我们类似），但是我能感知到他的思维，他的思维是能跳出来的，而且就附着在我的身上。"

我眉毛一跳："什么？你……你说得也太玄乎了吧？"

黄先生说："不，事实就是这样的。很多时候，我都觉得自己迷迷糊糊的，但是我能做出一个又一个正确的决断，使得我的人生和事业，进一步地飞跃和发展。但是，最近我不断地在做一个梦，梦见这个时空茧破裂了，里面的能量流出来，整个世界因此灭亡了。"

"怎么可能？这只是你的一个梦罢了。"我不可置信道。

黄先生说："但是它太真实了。你知道它们的时空移动飞行器用的是什么发动机吗？那是反物质发动机！在相同的重量下，反物质释放的能量是火箭燃料的10亿倍！"

我笑道："这怎么可能？反物质这个东西，从哪儿来啊？"

黄先生说："你听我说，其实现在物理学家已经能够制造反电子、反质子、反氢原子了。2011年5月初，中国科学技术大学与美国科学家合作制造了迄今最重的反物质粒子——反氦4。这说明人类在不断进步，总有一天，反物质发动机会被造出来。要知道，仅仅4毫克的反物质就可以把人类送上火星了。"

我点点头，深感佩服，看来他是做了不少这方面的功课啊，虽然一切都有可能是假设，但这假设是建立在严谨的科学基

科学小笔记

反物质

反物质，顾名思义，就是与当下物质相反的存在。以带电荷的粒子为例，如果一个粒子带有正电荷，那么另一个带有负电荷，与其性质完全相反的粒子就被称为该粒子的反粒子。由此扩大开来，与原子性质完全相反的就是反原子，与物质性质相反的就是反物质，乃至与地球相反的，就是反地球。

础上的，并不是没有这个可能，我不得不说："厉害，厉害。"

黄先生说："但是反物质很危险，它一旦与普通物质结合，就会发生湮灭反应，发生巨大的爆炸，最后形成黑洞。就像神秘的通古斯大爆炸一样，至今无人知晓其发生的原因。"

我突然对他产生了一种深深的敬畏感，真想像军人一样给他敬个礼。我说："说了这么多，您还没有告诉我为什么要将我带到这里来呢！"

黄先生说："因为你是科幻作家，不会出卖我。而且，假如你对别人说起这件事情，别人也会以为这是源于你的小说中的情节，也不大可能相信。另外就是，我能和你沟通，将心中憋了不知多少年的话说出来，也是一种解脱。"

我说："谢谢您看得起我，我相信您说的话。"

黄先生突然盯着我的眼睛，一字一句地说："那么，你现

科学小笔记

通古斯大爆炸

通古斯大爆炸是1908年6月30日上午7时17分发生在现今俄罗斯西伯利亚埃文基自治区上空的爆炸事件。其爆炸威力相当于2000万吨TNT炸药，是广岛原子弹爆炸产生的能量的1000倍，超过2150平方公里内的8000万棵树焚毁倒下。爆炸产生的冲击波甚至将附近650公里内的窗户震碎。

时空茧

163

在听好了，接下来就是关键！"

他没有动，我却感觉他整个人已如猛虎般扑到了我的跟前，张牙舞爪，要威胁我似的。

我情不自禁地往后退了一步。

黄先生又温言道："其实，之所以说这么多，就是为了告诉你，你是那个被选中的人。接下来，守护它的任务就要交给你了。"

我惊讶道："这是什么意思？"

黄先生说："它在我身上已经待了很久很久，我的大脑已经跟不上它的运转速度，一旦找不到寄居处，它就会回到自己的躯体中。那时，时空茧就会破裂，爆炸就会发生。所以，我需要找到一个和我类似的年轻人，将它传导出去。此后，我也就轻松了。而且，我有关它的记忆会被消除，这里也将永久封存，直到有一天，它被人再度发现。"

我说："不会吧？我……我，我怎么和你类似？"

黄先生笑着说："年轻人，你知道吗？你身上充满冒险精神，不服输的精神。而且，你听懂了我的那个游戏，我给你做了两次测试，你都通过了。"

我有点蒙地问："什么两次测试？哪两次？我咋没感觉？"

黄先生说："第一次，我发明的那个高尔夫球游戏，从开封走向世界，从世界回到开封，只有你真正明白了它的意思，说的就是这个时空茧。"

我傻了："我没有明白啊，我什么时候明白了？"

黄先生笑道："你不要骗我，我知道你明白了。因为人类的智慧都是从这个时空茧散播出去的，它的能量磁场孕育了我们周边的聪明人，使得中原人不断发展、壮大。这个几千几万年的时空茧不断释放的能量，导致它周围的人和事物都受到影响。开封之所以成了八朝古都，宋朝人之所以那么聪明，当时全世界一半的GDP都是大宋创造的，可想而知，这时空茧有多么奇妙了。但是如果它裂开的话，就会把全世界的物质都吸走，全世界都会陷落到开封，这就是让世界回到开封的真正含义。所以啊，你的责任十分重大，你知道吗？"

我有点儿无奈道："那……我只是打了个球而已。"

黄先生说："那两个和尚来追你的时候，你身上产生的能量和气场将他们震慑住了，所以他们都被吓跑了。而时空茧需要的正是拥有你这样的气场的男人！当我将它传递给你的时候，你一定能完全接纳它。此后，你的各个方面：精气神、人生、事业，都会好起来的。"

我沮丧地说："它要是真的能帮我，就帮我和朋友和好吧！我也是因为心情不好，才来这里散心的。想不到会有这样的奇遇，真是太神奇了。"

黄先生说："你相信我，你这次回去之后，她一定会和你和好的，只要你按我说的做。"

不知为什么，我就相信了他。我点点头，痴痴地说："真的吗？"

黄先生说："当然是真的啊！而且，从今往后，你要将一切给记录下来，除了这一代，还要让下一代了解这件事情，以某种特定的方式，传承一个民族的灵魂。所以，你将之写成小说也好，拍成电影也行。因为，一旦转移发生，我很可能再也记不得这件事了。我记忆的一部分，已经被它给剥离了，那部分记忆，就存在你的大脑里。"

我说："行了，你什么都别说了，我有点明白了。就好比开封头上悬着一柄斧头，随时都可能砍下来，导致世界毁灭，必须有守护者守护它，你是第一代守护者，我决定当第二代，永远守护这里面的记忆，只要它的情绪稳定了，时空茧就不会再破裂了，是这样吗？"

黄先生点头道："对，就是这样。"

我说："好吧，就算我相信你，那你怎么样才能将它传导给我，我又怎么样才能接受它呢？"

黄先生说："人的大脑本身就是一个信号发射器，不断地发出自己的脑电波。但是它只有一条通道，当你发射脑电波的时候，别的脑电波就无法进入。所以，只能让你的脑电波暂停一下，等它进去之后，你再重新启动。"

"那是什么意思？我先睡一觉？"我问道。

黄先生回答道："睡觉不可能让你的脑电波停止。睡觉时，你还是有思维的，也就是说，你还在散发脑电波，占据着通道。"

我耸耸肩，问："那你说我该怎么办？"

黄先生正色道："你听说过濒死体验吗？"

我吓得差点儿转身就跑："你是想让我假死？我当然听说过濒死体验，这都是快死的人才有的感受！你不会是想要我体验死亡的感觉吧？"

黄先生说："试一试啊，又不是真死，要不你就在水里憋气，快要淹死的时候，我就将你救活，或者……"

我连连摆手说："千万别啊，说不定一不小心就真死了，

科学小笔记

濒死体验

濒死体验也就是濒临死亡的体验，指由某些遭受严重创伤或疾病但意外地获得恢复的人，以及处于潜在毁灭性境遇中预感即将死亡而又侥幸脱险的人所叙述的死亡威胁时刻的主观体验。它和人们的临终心理一样，是人类走向死亡时的精神活动。同时濒死体验是人们遇到危险时的一种反应。

我还没这么笨呢！"

黄先生可怜巴巴地说："为了地球，为了整个人类，你就不愿意试一试？假死一回又如何？"

我说："让我考虑考虑吧！"

黄先生想了一下，说："也好，你先准备准备，我们再找别的办法。走，喝驴肉汤去，压压惊。"

我们俩又乘坐透明的电梯，从观音的头顶返回了寺庙中。我问黄先生为什么通道在这儿。

黄先生说这也是原来就有的，那个雕刻观音的人说不定就看到过乘坐飞碟的天外来客。

我想也对，观音乘坐莲花而来，与那乘坐盘旋飞斧的人差不多，而且观音千手千眼，还是个四面体，那大概就是雕刻家恰好看到了时空茧里的东西，凭着印象，雕刻出了这样栩栩如生的雕像。

这从另一方面，证实了黄先生的话。

我们喝了驴肉汤，感觉舒畅不少，接着，大家集合，去清明上河园参观。

4

命运有时候真的很神奇。至于是正巧碰上，还是有人刻意策划，现在已无法查证了。总之，那会儿，我们遇到了一个耍杂技的班子。上百名游客围成一圈，津津有味地看着耍杂技的这群人，他们表演了高空扔铁蛋、肢体柔术等高难度杂技，引得阵阵喝彩声。

忽然间，表演杂技的小伙子抬出了一个人形的木桩子，上面有六个圆圆的木墩，就像挂着六个大鼓。小伙子手持斧头，站在十几米开外对着六个木墩随手一挥，不一会儿，六柄斧头准确地砍在了六个木墩靶上。

众人不由得大声拍手，高呼叫好。

便在这时，小伙子大声说道："下面要邀请一名嘉宾上来配合表演，请问哪位有勇气尝试？"

他一连喊了三次，均无一人胆敢上前。

不知为什么，一股热血涌上我的脑袋，我的嘴巴似乎不听使唤地说了一声："我来试试！"

其实，我还没搞清楚要怎么配合，以为是上去玩玩。当我意识到我被卡在那六个木墩靶之间，斧头要准确地砍中我的头顶、胯部、双手双脚间的木墩时，我感觉整个人忽然被抽空了。我想赶快跑开，可这时我手脚酸软，动弹不得。小伙子的同伴给我戴上了一顶头盔。我惊叫一声，全场沸腾起来。

小伙子问我："你是自愿的吗？"

我不知怎么回答，只是情不自禁地叫了出来："我只想和朋友能够和好如初！"

时空茧

小伙子打断道："那就开始吧！你千万别动！"

"嗖——"第一柄斧头擦着我的头皮稳稳地钉在了头顶。

"嗖——"又一柄斧头飞到我的胯下，只要稍有偏差，我的大腿就会被劈出一个洞。

我感觉眼前人影摇曳，斧头化作闪电，向我飞扑而至。

"嗖——嗖——嗖——嗖——"四声齐响。有这么一刹那，我居高临下地看着斧头在空中凝定，周围的人脸上的表情凝结，有的大张嘴巴，有的瞪眼惊愕……

一切都变成了流逝的白色光条。

等我的脑子又能运转时，我的双脚像没了骨头，双手也不听使唤，从那斧头靶子的架子上走下来，浑身哆嗦，手足麻软，差点儿跌倒。我口干舌燥，说不出话来，同时有一种深深的感觉，仿佛身体里多了一点什么东西。

这时我才想起，应该请人把这我的经历录下来，发给远方的朋友。

黄先生走了过来，笑眯眯地对我说："我已经录下来了。"

我顿时站起来，猛地想起刚才的那一刻，我真的以为自己快要死了，我的灵魂在高空中俯视着众人，那就是濒死体验！

黄先生之所以记录下这个时刻，说明他是早有准备的。难道他能影响我的思维，让我冒冒失失地冲上去，做出此鲁莽的行为？不！这是有计划的！是为了将时空茧的思维传递到我的脑海中。

那他岂不是就失去了那份记忆？我偷偷将他拉到一边，问有关时空茧的事情，他一脸茫然地看着我。

我的心沉了下去，看样子那东西此刻已经在我身上了，而他真的已经失去了记忆！

啊！此后，我将不再是我！我会变成什么样子？会成为另外一个人吗？我将来会变得更恐怖、更堕落？还是越来越聪明，一切都会更好，因为有它的帮忙？

5

两天后，我回到了北京，果然与朋友和好如初，我将那视频发给她，她很感动。

这天晚上，我接到了黄先生的电话，他问我能否把开封的文化和飞斧的事情结合起来写点东西，留给大家看看。

我说没问题。

我不知道我将这些东西写出来之后，他还会不会记得这些事情。或许，到那个时候他只会将之当成一篇科幻小说。但目前来看，他的潜意识里是记着要提醒我来记录这件事情的，他没有完全忘掉自己的使命。

而我，到目前为止身体还没有任何特殊的变化。我会一直守护着那"时空茧"，我也相信一切会变得越来越好。

我在这里留下这篇记录，马上就发给黄先生。

此事是真是假，以后再加以判断。

我想，从此刻开始，开封地下悬斧之事，恐怕只有我一个人知道，也只有我一个人真的相信。

你呢？看了这个故事，你相信开封城底有一柄悬斧吗？你认为时空茧真的存在吗？

幻想照进现实

这可以说是一个时空旅行者乘坐飞碟从未来穿梭到现代，飞碟却意外坠落在中国河南开封的故事。这艘飞碟采用的是反物质能源，一旦与地球上的某种普通物质接触，就有可能爆发足以毁灭整个地球的能量。因此，当时的驾驶员将它封存在了时光茧里。

为了保证这艘飞碟不与普通物质接触，时空旅行者中的驾驶员将自己的意念和思想强行灌入了普通人的脑海里，从此一代代守护着这颗时空茧，以防止它破裂，造成不可挽回的损失。

你认为故事中所讲述的有可能是真的吗？你相信某一天，人类真的能够乘坐时光机穿越到未来，回到过去吗？

遥之石

可是，哪怕我捂住耳朵也没用，因为它们是直接在和我的心说话，哪怕我把脑子里的那些故事都写了下来，还是无法疏解我内心压抑着的痛苦。

我能听到许多石头里的声音，因此写出了很多神奇的故事。

小时候，遥遥也有这样的能力，但他爸妈认为他患了病。

遥遥带我去看过那些会讲故事的石头，还将"病"传染给了我。后来，遥遥的"病"好了，却也成了平庸之辈。

当我鄙视并嘲笑遥遥时，回忆往事，却发现另外一个令我震惊的事实。

1

我听到了泥巴呱嗒呱嗒说话的声音。

我听到了花儿咯咯唧唧嬉笑的声音。

我听到了钢筋水泥呼哩哗啦大声吵架的声音。

我听到了风神神叨叨哭哭诉诉的声音。

我听到了垃圾桶无奈叹息扔垃圾不分类的声音。

……

我听到了许许多多的声音，我听到了许许多多的故事。

它们在我的脑海里，像骰子一般摇来摇去，不断地回响，对我讲述它们那些或伤感，或搞笑，或惊险，或愤怒，或无聊……的故事。

我将我能听到各种声音的事儿告诉了老师，老师就带我去找了爸爸妈妈；我将这些事儿告诉爸爸妈妈，爸爸妈妈便带我去看医生，医生让我吃很苦很苦的药……

后来，我再也没有告诉他们，关于它们的事。

我只能偷偷地将脑海里的故事用笔写下来，然后卖出去，让它们成为走进千家万户的故事。这样一来，我古怪的行为，荒诞的举止，也居然有了合理的解释。

"这就是他灵感的来源！他在体验生活！"

"你看，他又在和一把锁说话聊天，太棒了！"

"哇！他在踩水，难道是要和鱼一起歌唱，还是想叫虾子起床？他肯定要写新的故事了！"

……

那些粉丝总是这样说。

事实上，我已经痛苦不堪了。旁人眼里的死物，在我看来都是活的，且活得都不太好。

我讨厌它们的声音。

可是，哪怕我捂住耳朵也没用，因为它们是直接在和我的心说话，哪怕我把脑子里的那些故事都写了下来，还是无法疏解我内心压抑着的痛苦。

我回想起开始得这种病的时刻——10岁，我确定是10岁。

2

10岁暑期的那个下午，炎热的风把我和好朋友遥遥"吹"到了泳池里，我们畅游之后，他像鸭子一样浮上水面，不停地晃动着脑袋。把水晃出去后，他还不停地掏耳朵，不停地掏，不停地掏。

我说："你再这样耳朵都快要掏坏了！"

他偷偷对我说："我的耳朵很灵，我能听到石头说话，还能看到石头的灵魂！"

从小就相信科学、热爱科学、想当科学家的我，不由得哈哈大笑道："你的脑子里进水了？"

然后，我就看到他在那里歪着脖子、侧着脑袋单脚跳跃，如同一只上岸的虾米。他气鼓鼓地说："不信的话，你跟我去看看！"

我跟着他到了他家。

他偷偷地从橱柜里拿出了他的石头，好多好多的石头啊！他将它们整整齐齐地摆放在桌子上。最后，他小心地将一块黑乎乎的石头和一块半透明的花石垒架在一起，说："你看，这是不是很像一张巨人的脸？"

接着，他又指着另外一个角度说："从这里看，是不是很像机甲怪狼？"

我仔细瞧了瞧，发现还真有那么几分像。

遥遥见我点了点头，高兴地对我说："你听，这块石头在说话，它在说话！"

他说着将一块石头放在我的耳边，要我侧耳倾听。

我没有听到任何声音，他却眼睛一会儿紧张地瞪大，一会儿又诡异地眯起，好像听到了什么怪音一样。

我呢，怎么听都听不到。

过了好半天，他长吁一口气说："原来是这样啊！"

我惊奇地问道："怎么了？发生了什么事？"

遥遥说："这块石头说，它曾在二拱山下听到岩石崩裂的声音，那些岩石相约一起断裂，这样就会造成山体崩塌，摧毁山下的那条道路。算起来，它们约定的日子就是明天！"

我笑道："这怎么可能？简直是笑话！"

没想到第二天，我看到电视上真的在播放二拱山坍塌的新闻，说滚落的岩石压垮了道路，毁坏了村庄，还砸坏了不少车辆，许多人受了伤。

我想起遥遥的话，呆呆地看着电视沉默了好半天，心中有一种奇异的感觉在流淌。

当我飞奔到遥遥家门口时，发现他家院子大门敞开着，里面传出了吵架的声音。

我走进去一看，遥遥在他爸妈拿的鸡毛掸和铁锅之间来回游窜，嘴里还不停地说着："我不去医院，我不去医院，我说的都是真的，是真的！"

他的爸爸妈妈最终还是抓住了他，他像是一只被紧箍套住的猴子，叽哇乱叫着。他看到我便指着我说："奇奇怪来了，他知道的，他知道的……"

他的爸爸妈妈同时叹息了一声，他的爸爸问我："奇奇怪，你也听到石头里的怪声了吗？"

我立即摇摇头。

他的爸爸妈妈都露出了看似满意，却带着悲凉的神情。

同时，我看到遥遥欲哭无泪的眼神，心中一阵刺痛，我永远忘不了这样的眼神。

当他的爸爸妈妈像押着犯人一样，押着遥遥上车并开向医院的时候，我的心如插了冰锥一般又痛又凉。我想，我也许会失去这个朋友。

没过多久，遥遥就回来了，听说他去医院接受了各种各样的治疗，把他脑子里的那些怪声音全部拿掉了。我不知道他在里面遭受过什么，但他看我的眼神是如此冷漠，脸上还会露出诡异的笑。

有一天，他悄悄对我说："你想不想去'鬼屋'？"

　　我当然想去啊，"鬼屋"虽然有些令人害怕，但是对我这种好奇心很强的男孩来说，那是逃不开的诱惑。我点了点头。

　　很快，我们就到了"鬼屋"。说是"鬼屋"，其实那只不过是树上搭建的一个小棚子，棚子里有各种各样奇形怪状的石头，它们搭建成了一片石头山，那些石头我曾在遥遥家里看到过，没想到现在它们会出现在这里。

　　遥遥跟我嘟囔道："我爸妈把它们都扔掉了，我却舍不得。它们全是会说话的石头，都能带给我梦境般的感受。我将它们捡回来放在了这里。我时常与它们聊天、说话，有时，还会谈到你呢！这些石头还看到了你的过去、现在与未来呢。"

　　看着遥遥这个样子，我心里不是滋味，心想："他的脑子真的坏掉了，他的爸爸妈妈终究还是没治好他的病。"

　　遥遥对我说："他们都说我病了，其实我知道，我没病，但是他们不知道，我也没办法。"

　　我安慰他说："没事，你会好起来的！"

　　他指着一块圆锥状的石头说："你看这块石头，是你们家小区墙脚的那颗陨石，没有人知道它是陨石，我将它捡了回来，它告诉了我一个有关你的秘密。你看，它不但在说话，还能给你展示你的未来……"

　　他痴痴地说着，我不由得向那块圆锥石瞧去，它的色彩饱

遥
之
石

和明亮，外表有些地方光滑，有些地方粗糙，内部充满粗糙的颗粒。

我猛地感觉到背后传来一股巨力，我向前一扑，对着那块石头就磕了过去。

等我回头时，看到遥遥的双手变得越来越大，先犹如蒲扇，再犹如遮阳大伞，后犹如穹顶，笼罩在我的头上。

当我跌倒在地时，蓦然发现已不知身处何方。

那是一片小小的山间洼地，有穹庐，有桥，有水，有一片细密的树林，林子干枯，荆棘丛生，长得像是虫子的腿。

穹庐边蹲着一只古怪的生物，它佝偻着身躯，身上好似裹着厚厚的毡子，又仿佛那些都是它干老的皮肤。它的脑袋上像是有许多的颚嘴和眼珠，又似是一个老得皮肤褶皱在一起的光头。

总之，其模样之古怪和诡异，是我前所未见的，既像一只人形的大虫子，又像一个几百岁的老僧。它的面前放着一个小泥炉，上面放着茶壶，一根长长的木枝自它的胳膊旁伸出，搅拌着里面黑乎乎的茶或者咖啡。

它对我说："你来了，来到了这石头里。那以后你就能听到我的声音了。"

我大惊，抬头看看，左右望望，天上有两颗星星，不远处还有一座高不可攀的圆锥巨山，我问道："这是石头里面？"

它对我说："你已经缩小到原来的万分之一了，所以能看到我们石头里的虫人，那两颗星星就是遥遥的眼睛，我们在圆锥山里面。"

我哪里能相信这样的事，石中虫人发出了古怪的笑声，说："他把你带到这里来，是因为他想让你相信他，而他将会失去与我们的联系，我们这样的微观生命，与你们不在同一个维度，我们之间的隔阂，无异于人类与外星人之间的鸿沟。你听我说，你的未来将会……"

我捂着耳朵，大声叫道："我不要听，快放我回去，快放我回去……"

石中虫人深深地叹息了一声。

等我离开这里，回到我所在的宏观世界，才发现我躺在树下，遥遥就在我的身边。

他红着双眼看着我轻轻地说："以后我会忘记它们的。"

我的脑袋混混沌沌，一切恍然如梦。

没过多久，遥遥的病就好了，他再也不会寻找石头，侧耳倾听，也再不会说那些石头里的神秘故事。

但我开始听到许多不一样的声音。

于是，年少的我竟成为一个写故事的人。

遥之石

181

3

多年之后的一个下午，在小时候曾经游玩的泳池，我找到了遥遥，遥遥亲切自然地向我微笑，我却气咻咻地冲过去，要找他问个明白。

我上前对他说："你后来怎么样了？那些声音……"

遥遥轻轻摇摇头，木讷地说："每当我说听到的那些声音，讲述那些来自不同星球的石头的故事，他们都会阻止我，带我去看病，久而久之，我就断了与石头的联系，不再听到那些声音了。"

我喝道："你撒谎！是你……是你把它们传染给了我，它们无处不在，它们无处不在……"

遥遥哧哧一笑道："你终于明白了！是那个虫人告诉我，只有这样做，才能彻底摆脱它们。"

原来，想要离开那些声音，就得找到"下家"。

是的，我终于明白了，可那又怎样？

一群人围着找我签名。

遥遥在打扫泳池的垃圾。

我禁不住嘲笑道："你以为将它们传染给我，你就能过得好吗？"

遥遥黯然地摇摇头，木然地走开了。

生活给了他沉重的负担，他是一个疲倦不堪的人。相反，我却万众瞩目，自由翱翔。

我鄙视地瞧着遥遥的背影，心想他就是聪明反被聪明误。现如今那些他缺失的，正是我获得的。

获得倾听万物之声的能力，又怎么会是一件坏事呢？

4

看着遥遥孤独羸弱的背影，我那些记忆的阀门再次打开。

石中虫人对我说："你看你的未来！"它面前的石山徐徐展开一幅电影画卷。

我并没有什么未来。

我没有过人的天赋，也没有本事，只能像棵小草一样在社会的风雨中飘摇，最后将因为误入歧途在监狱中堕落、消亡。

但当我能听到石头的声音，我就有了层出不穷的神奇故事，我能想象出别人意想不到的创意，最终成为一个非凡而杰出的创作者。

如果不是遥遥……

石中虫人对我说："当你和我们取得联系后，遥遥就将失去这样的天赋……"

石山已经显示，遥遥将成为写故事的巨星，每一个字都比钻石还珍贵，他写的故事将会传遍千家万户，让世界沸腾。

但遥遥说："没关系的，他是我唯一的朋友，他能活着比什么都好！反正，我的爸爸妈妈、老师也都不喜欢我这样，我还不如不要这种能力呢！"

他永远不可能万众瞩目，他将会泯然于众。但最后他还要石中虫人让我忘掉这些，他不想让我在未来心怀愧疚。

遥遥的爸爸妈妈和老师，再也不会带他去看病了，他再也不会胡思乱想了。

而我获得了他的天赋，也获得了他的未来。我变得越来越古怪，也越来越成功。

望着遥远的愈渐缩小的遥遥，我潸然泪下。

是他的爸爸妈妈，还是老师，还是他自己，还是我……造成了这一切？已经没有人知道答案了。

幻想照进现实

你身边有天赋异禀的人吗？如果有，你是不是也觉得他们是生病了？有句话说"天才和疯子只有一线之隔"，如果你身边有表现异常的人，你想好用什么样的心态去与他们相处了吗？